Erich Kästner, 1899 in Dresden geboren, ist bis heute einer der meistgelesenen und beliebtesten deutschen Autoren. Nach der Machtübernahme der Nationalsozialisten wurden seine Bücher verbrannt, sein Werk erschien nunmehr in der Schweiz im Atrium Verlag. Für seine Bücher wurde er mit zahlreichen Preisen ausgezeichnet, darunter der Hans-Christian-Andersen-Preis und der Georg-Büchner-Preis. Erich Kästner starb 1974 in München.

Erich Kästner

DAS FLIEGENDE
KLASSENZIMMER

Illustriert von Walter Trier

Atrium Verlag · Zürich

INHALT

DIE ERSTE ABTEILUNG
DES VORWORTS

enthält eine Debatte zwischen Frau Kästner und ihrem Sohn;
einen Blick auf die Zugspitze; einen Schmetterling namens Gottfried;
eine schwarz und weiß gefleckte Katze; etwas ewigen Schnee; einen
harmonischen Feierabend und den berechtigten Hinweis, dass aus
Kälbern manchmal Ochsen werden.

Diesmal wird es eine regelrechte Weihnachtsgeschichte. Eigentlich wollte ich sie schon vor zwei Jahren schreiben; und dann, ganz bestimmt, im vorigen Jahr. Aber wie das so ist, es kam immer etwas dazwischen. Bis meine Mutter neulich sagte: »Wenn du sie heuer nicht schreibst, kriegst du nichts zu Weihnachten!«

Damit war alles entschieden. Ich packte schleunigst meinen Koffer, legte den Tennisschläger, den Badeanzug, den grünen Bleistift und furchtbar viel Schreibpapier hinein und fragte, als wir schwitzend und abgehetzt in der Bahnhofshalle standen: »Und wohin nun?« Denn es ist begreiflicherweise sehr schwierig, mitten im heißesten Hochsommer eine Weihnachtsgeschichte zu verfassen. Man kann sich doch nicht gut auf den Hosenboden setzen und schreiben: »Es war schneidend kalt, der Schnee fiel in Strömen, und Herrn Doktor Eisenmayer erfroren, als er aus dem Fenster sah, beide Ohrläppchen« – ich meine, dergleichen kann man doch beim besten Willen nicht im August hinschreiben, während man wie ein Schmorbraten im Familienbad liegt und auf den Hitzschlag wartet! Oder?

Frauen sind praktisch. Meine Mutter wusste Rat. Sie trat an den Fahrkartenschalter, nickte dem Beamten freundlich zu und fragte:»Entschuldigen Sie, wo liegt im August Schnee?«

»Am Nordpol«, wollte der Mann erst sagen, dann aber erkannte er meine Mutter, unterdrückte seine vorlaute Bemerkung und meinte höflich:»Auf der Zugspitze, Frau Kästner.«

Und so musste ich mir auf der Stelle ein Billett nach Oberbayern lösen. Meine Mutter sagte noch:»Komme mir ja nicht ohne die Weihnachtsgeschichte nach Hause! Wenn's zu heiß wird, guckst du dir ganz einfach den schönen kalten Schnee auf der Zugspitze an! Verstanden?« Da fuhr der Zug los.

»Vergiss nicht, die Wäsche heimzuschicken«, rief meine Mutter hinterher.

Ich brüllte, um sie ein bisschen zu ärgern:»Und gieß die Blumen!« Dann winkten wir mit den Taschentüchern, bis wir einander entschwanden.

Und nun wohne ich seit vierzehn Tagen am Fuße der Zugspitze, an einem großen dunkelgrünen See, und wenn ich nicht gerade schwimme oder turne oder Tennis spiele oder mich von Karlinchen rudern lasse, sitz ich mitten in einer umfangreichen Wiese auf einer kleinen Holzbank, und vor mir steht ein Tisch, der in einem fort wackelt, und auf dem schreib ich nun also meine Weihnachtsgeschichte.

Rings um mich blühen die Blumen in allen Farben. Die Zittergräser verneigen sich respektvoll vor dem Winde. Die Schmetterlinge fliegen spazieren. Und einer von ihnen, ein großes Pfauenauge, besucht mich sogar manchmal. Ich hab ihn Gottfried getauft, und wir können uns gut leiden. Es vergeht kaum ein Tag, an dem er nicht angeflattert kommt und sich zutraulich auf mein Schreibpapier setzt. »Wie geht's, Gottfried?«, frage ich ihn dann. »Ist das Leben noch frisch?« Er hebt und senkt, zur Antwort, leise seine Flügel und fliegt befriedigt seiner Wege.

Drüben am Rande des dunklen Tannenwaldes hat man einen großen Holzstoß gestapelt. Obendrauf kauert eine schwarz und weiß gefleckte Katze und starrt zu mir herüber. Ich habe sie stark im Verdacht, dass sie verhext ist und, wenn sie wollte, reden könnte. Sie will nur nicht. Jedes Mal, wenn ich mir eine Zigarette anzünde, macht sie einen Buckel.

Nachmittags reißt sie aus, denn dann wird es ihr zu heiß. Mir auch; ich bleib aber da. Trotzdem: So herumzuhocken, vor Hitze zu kochen und dabei zum Beispiel eine Schneeballschlacht zu beschreiben, das ist keine Kleinigkeit.

Da lehne ich mich dann weit auf meiner Holzbank zurück, schaue zur Zugspitze hinauf, in deren gewaltigen Felsklüften der kühle ewige Schnee schimmert – und schon kann ich weiterschreiben! An manchen Tagen freilich ziehen aus der Wetterecke des Sees Wolken herauf, schwimmen quer durch den Himmel auf die Zugspitze zu und türmen sich vor ihr auf, bis man nichts mehr von ihr sieht.

Da ist es natürlich mit dem Schildern von Schneeballschlachten und anderen ausgesprochen winterlichen Ereignissen vorbei. Aber das macht nichts. An solchen Tagen beschreib ich einfach Szenen, die im Zimmer spielen. Man muss sich zu helfen wissen!

Abends holt mich regelmäßig Eduard ab. Eduard ist ein bildhübsches, braunes Kalb mit winzigen Hörnern. Man hört ihn schon von weitem, weil er eine Glocke umhängen hat. Erst läutet es ganz von ferne; denn das Kalb weidet oben auf einer Bergwiese. Dann dringt das Läuten immer näher und näher. Und schließlich ist Eduard zu sehen. Er tritt zwischen den hohen, dunkelgrünen Tannen hervor, hat ein paar gelbe Margeriten im Maul, als hätte er sie extra für mich gepflückt, und trottet über die Wiese, bis zu meiner Bank.

»Nanu, Eduard, schon Feierabend?«, frag ich ihn. Er sieht mich groß an und nickt und seine Kuhglocke läutet. Aber er frisst noch ein Weilchen, weil es hier herrliche Butterblumen und Anemonen gibt. Und ich schreibe noch ein paar Zeilen. Und hoch oben in der Luft kreist ein Adler und schraubt sich in den Himmel hinauf.

Schließlich steck ich meinen grünen Bleistift weg und klopfe Eduard das warme, glatte Kalbfell. Und er stupst mich mit den kleinen Hörnern, damit ich endlich aufstehe. Und dann

Abends holt mich regelmäßig Eduard ab.

bummeln wir gemeinsam über die schöne, bunte Wiese nach Hause.

Vor dem Hotel verabschieden wir uns. Denn Eduard wohnt nicht im Hotel, sondern um die Ecke bei einem Bauern.

Neulich hab ich den Bauern gefragt. Und er hat gesagt, Eduard würde später sicher einmal ein großer Ochse werden.

DIE ZWEITE ABTEILUNG
DES VORWORTS

enthält den Verlust eines grünen Bleistifts; eine Bemerkung über die
Größe von Kindertränen; die Ozeanfahrt des kleinen Jonathan Trotz;
den Grund, warum ihn seine Großeltern nicht abholten; ein Loblied auf
die menschliche Hornhaut und die dringende Aufforderung, Mut und
Klugheit unter einen Hut zu bringen.

Eigentlich wollte ich gestern Abend, als ich gegessen hatte
und faul in der Gaststube saß, gleich weiterschreiben. Das Al-
penglühen war erloschen. Die Zugspitze und die Riffelwände
versanken im Schatten der nahenden Nacht. Und am anderen
Ufer des Sees guckte der Vollmond lächelnd über den schwarzen Wald.

Da merkte ich, dass ich meinen grünen Bleistift verloren
hatte. Sicher war er mir auf dem Nachhauseweg aus der Tasche
gefallen. Vielleicht hatte ihn auch Eduard, das bildhübsche
Kalb, für einen Grashalm gehalten und verschluckt. Jedenfalls
saß ich nun in der Gaststube herum und konnte nicht schreiben. Denn es gab im ganzen Hotel, obwohl es ein piekfeines
Hotel ist, weit und breit keinen grünen Bleistift, den ich mir
hätte borgen können! Toll, was?

Schließlich nahm ich ein Kinderbuch vor, das mir der Verfasser geschickt hatte, und las darin. Aber ich legte es bald wieder weg. So sehr ärgerte ich mich darüber! Ich will euch auch sagen, warum. Jener Herr will den Kindern, die sein Buch lesen, doch tatsächlich weismachen, dass sie ununterbrochen lustig sind und vor lauter Glück nicht wissen, was sie anfangen sollen! Der unaufrichtige Herr tut, als ob die Kindheit aus prima Kuchenteig gebacken sei.

Wie kann ein erwachsener Mensch seine Jugend so vollkommen vergessen, dass er eines Tages überhaupt nicht mehr weiß, wie traurig und unglücklich Kinder zuweilen sein können? (Ich bitte euch bei dieser Gelegenheit von ganzem Herzen: Vergesst eure Kindheit nie! Versprecht ihr mir das? Ehrenwort?)

Es ist nämlich gleichgültig, ob man wegen einer zerbrochenen Puppe weint oder weil man, später einmal, einen Freund verliert. Es kommt im Leben nie darauf an, worüber man traurig ist, sondern nur darauf, wie sehr man trauert. Kindertränen sind, bei Gott, nicht kleiner und wiegen oft genug schwerer als die Tränen der Großen. Keine Missverständnisse, Herrschaften! Wir wollen uns nicht unnötig weich machen. Ich meine nur, dass man ehrlich sein soll, auch wenn's wehtut. Ehrlich bis auf die Knochen.

In der Weihnachtsgeschichte, die ich euch vom nächsten Kapitel ab erzählen werde, kommt ein Junge vor, der Jonathan Trotz heißt und den die anderen Johnny nennen. Dieser kleine Tertianer ist nicht die Hauptfigur des Buchs. Aber sein Lebenslauf passt hierher. Er wurde in New York geboren. Sein Vater war Deutscher. Die Mutter war Amerikanerin. Und die beiden lebten wie Hund und Katze miteinander. Schließlich lief die Mutter fort. Und als Johnny vier Jahre alt war, brachte ihn sein Vater in den Hafen von New York; zu einem Dampfer, der nach Deutschland fuhr. Er kaufte dem Jungen eine Schiffsfahrkarte, steckte ihm einen Zehndollarschein ins braune Kinderportemonnaie und hängte ihm eine Papptafel um den Hals, auf der Johnnys Name stand. Dann gingen sie zu dem Kapitän. Und der Vater sagte: »Nehmen Sie doch, bitte schön, mein Kind mit nach Deutschland hinüber! Die Großeltern holen es in Hamburg vom Dampfer ab.«

»Geht in Ordnung, mein Herr«, antwortete der Kapitän. Und da war Johnnys Vater auch schon verschwunden.

Nun fuhr der Junge also ganz allein über den Ozean. Die Passagiere waren riesig freundlich zu ihm, schenkten ihm Schokolade, lasen, was auf seinem Pappschild stand, und sagten: »Nein, hast du aber ein Glück, dass du schon als kleines Kind über das große Meer fahren darfst!«

Als sie eine Woche lang unterwegs gewesen waren, kamen sie in Hamburg an. Und der Kapitän wartete am Fallreep auf Johnnys Großeltern. Die Passagiere stiegen alle aus und klopften dem Jungen noch einmal auf die Backen. Ein Lateinprofessor sagte ergriffen: »Möge es dir zum Besten dienen, o Knabe!« Und die Matrosen, die an Land gingen, riefen: »Halte die Ohren steif, Johnny!« Und dann kamen die Männer an Bord, die den Dampfer frisch streichen mussten, damit er zur nächsten Amerikafahrt wieder blitzblank aussähe.

Der Kapitän stand am Kai, hielt den kleinen Jungen an der Hand, blickte von Zeit zu Zeit auf die Armbanduhr und wartete. Doch wer nicht kam, das waren Johnnys Großeltern. Sie konnten auch gar nicht kommen. Denn sie waren schon seit vielen Jahren tot! Der Vater hatte das Kind ganz einfach loswerden wollen und es nach Deutschland geschickt, ohne sich weiter den Kopf zu zerbrechen, was nun werden würde.

Damals verstand Jonathan Trotz noch nicht, was ihm angetan worden war. Aber er wurde größer, und da kamen viele Nächte, in denen er wach lag und weinte. Und er wird diesen Kummer, den man ihm zufügte, als er vier Jahre alt war, sein Leben lang nicht verwinden können, obwohl er, das dürft ihr mir glauben, ein tapferer Junge ist.

Die Sache ging noch halbwegs gut aus. Der Kapitän hatte eine verheiratete Schwester; dorthin brachte er den Jungen, besuchte ihn, wenn er in Deutschland war, und gab ihn, als er zehn Jahre zählte, ins Internat des Johann-Sigismund-Gymnasiums zu Kirchberg. (Dieses Internat ist übrigens der Schauplatz unserer Weihnachtsgeschichte.)

Manchmal fährt Jonathan Trotz in den Ferien noch zu der Schwester des Kapitäns. Die Leute sind wirklich sehr gut zu ihm. Aber meistens bleibt er während der Ferien in der Schule. Er liest viel. Und er schreibt heimlich Geschichten.

Vielleicht wird er einmal ein Dichter. Aber das weiß man

noch nicht. Er verbringt halbe Tage in dem großen Schulpark und unterhält sich mit den Kohlmeisen. Die fliegen ihm auf die Hand und schauen ihn aus ihren kleinen Augen fragend an, wenn er redet. Manchmal zeigt er ihnen ein kleines braunes Kinderportemonnaie und einen Zehndollarschein, der drinsteckt …

Ich erzählte euch die Lebensgeschichte Johnnys nur, weil der unaufrichtige Herr, dessen Kinderbuch ich gestern Abend in der Gaststube las, behauptet, die Kinder wären in einem fort fidel und wüssten vor lauter Wonne nicht, wo ihnen der Kopf steht. Hat der Mann eine Ahnung!

Der Ernst des Lebens beginnt wirklich nicht erst mit dem Geldverdienen. Er beginnt nicht damit und er hört damit nicht auf. Ich betone diese stadtbekannten Dinge nicht etwa, dass ihr euch einen Stiefel darauf einbilden sollt, bewahre! Und ich betone sie nicht, um euch Bange zu machen. Nein, nein. Seid glücklich, sosehr ihr könnt! Und seid so lustig, dass euch vor Lachen der kleine Bauch wehtut!

Nur: Macht euch nichts vor und lasst euch nichts vormachen. Lernt es, dem Missgeschick fest ins Auge zu blicken. Erschreckt nicht, wenn etwas schiefgeht. Macht nicht schlapp, wenn ihr Pech habt. Haltet die Ohren steif! Hornhaut müsst ihr kriegen!

Ihr sollt hart im Nehmen werden, wie die Boxer das nennen. Ihr sollt lernen, Schläge einzustecken und zu verdauen. Sonst seid ihr bei der ersten Ohrfeige, die euch das Leben versetzt, groggy. Denn das Leben hat eine verteufelt große Handschuhnummer, Herrschaften! Wenn man so eine Ohrfeige erwischt hat und nicht darauf gefasst war, dann braucht nur noch eine kleine Stubenfliege zu husten, und schon liegt man längelang auf der Nase.

Also: Ohren steifhalten! Hornhaut kriegen! Verstanden? Wer das Erste heraushat, der hat schon halb gewonnen. Denn der behält trotz der dankend erhaltenen Ohrfeigen Geistesgegenwart genug, um jene beiden Eigenschaften zu betätigen, auf die es ankommt: den Mut und die Klugheit. Und schreibt euch hinter die Ohren, was ich jetzt sage: Mut ohne Klugheit ist Unfug; und Klugheit ohne Mut ist Quatsch! Die Weltgeschichte kennt viele Epochen, in denen dumme Leute mutig oder kluge Leute feige waren. Das war nicht das Richtige.

Erst wenn die Mutigen klug und die Klugen mutig geworden sind, wird das zu spüren sein, was irrtümlicherweise schon oft festgestellt wurde: ein Fortschritt der Menschheit.

Ich sitze übrigens, während ich diese beinahe philosophischen Dinge schreibe, wieder auf meiner Holzbank, vor dem Wackeltisch, mitten in der bunten, umfangreichen Wiese. Ich hab mir, gleich am Vormittag, im Kolonialwarengeschäft einen grünen Bleistift besorgt. Und jetzt ist's schon wieder Spätnachmittag geworden. Auf der Zugspitze blitzt der Neuschnee. Drüben auf dem Holzstoß kauert die schwarz und weiß gefleckte Katze und starrt unverwandt herüber. Sie ist bestimmt verhext! Und vom Berg herab klingt das Läuten der Glocke, die mein

Freund Eduard umhängen hat. Er wird mich bald abholen kommen und mit seinen kleinen Hörnern stupsen. Gottfried, das Pfauenauge, war heute nicht da. Hoffentlich ist ihm nichts passiert.

Ja, und morgen beginne ich endgültig mit der Weihnachtsgeschichte. Darin wird von Mutigen und Angsthasen, von Gescheiten und von Dummköpfen die Rede sein. In einem Internat gibt es ja vielerlei Kinder.

Da fällt mir ein: Wisst ihr denn auch alle, was ein Internat ist? Ein Internat ist eine Art Wohnschule. Man könnte ebenso sagen: eine Schülerkaserne. Die Jungens wohnen darin. Sie essen in einem großen Speisesaal an langen Tischen, die sie selber decken müssen. Sie schlafen in großen Schlafsälen; frühmorgens kommt der Hausmeister und zerrt an einer Glocke, die furchtbar lärmend läutet. Und ein paar Primaner sind Schlafsaalinspektoren. Sie passen wie die Schießhunde auf, dass die anderen blitzartig aus den Betten springen. Manche Jungens lernen es nie, ihr Bett ordentlich zu machen, und deshalb müssen sie, wenn die anderen am Sonnabend und Sonntag Ausgang haben, in den Wohnzimmern bleiben und Strafarbeiten machen. (Dadurch lernen sie das Bettenmachen aber auch nicht.)

Die Eltern der Schüler wohnen in entlegenen Städten oder auf dem Lande, wo es keine höheren Schulen gibt. Und die Kinder kommen bloß in den Ferien zu Besuch. Manche Jungens möchten, wenn die Ferien vorbei sind, am liebsten zu

Hause bleiben. Andere wieder blieben sogar während der Ferien in der Schule, wenn es die Eltern nur erlaubten.

Und dann gibt es auch sogenannte Externe. Die sind aus derselben Stadt, in der sich das Gymnasium befindet, und sie wohnen nicht in der Schule, sondern zu Hause.

Doch da tritt eben mein Freund Eduard, das bildhübsche Kalb, aus dem dunkelgrünen Tannenwald. Und jetzt gibt er sich einen Ruck und trottet, quer durch die Wiese, auf mich und meine Holzbank zu. Er holt mich ab. Ich muss Feierabend machen.

Nun steht er neben mir und betrachtet mich liebevoll. Entschuldigt also, dass ich abbreche! Morgen stehe ich frühzeitig auf und fange endlich an, die Weihnachtsgeschichte zu erzählen.

Meine Mutter hat gestern geschrieben und angefragt, wie weit ich damit sei.

DAS ERSTE KAPITEL

enthält eine Fassadenkletterei; einige Tanzstundenjünglinge; den Primus,
der kolossal wütend werden kann; einen großen weißen Umhängebart;
den Bericht über die Abenteuer des »Fliegenden Klassenzimmers«;
eine Theaterprobe mit Versen und eine unerwartete Unterbrechung.

Zweihundert Schemel wurden gerückt. Zweihundert Gymnasiasten standen lärmend auf und drängten zum Portal des Speisesaals. Das Mittagessen im Kirchberger Internat war zu Ende.

»Teufel, Teufel!«, sagte der Tertianer Matthias Selbmann zu seinem einen Tischnachbarn. »Hab ich einen Hunger! Ich brauche dringend zwanzig Pfennige für eine Tüte Kuchenränder. Hast du Moneten?«

Uli von Simmern, ein kleiner blonder Junge, kramte das Portemonnaie aus der Tasche, gab dem immer hungrigen Freund zwei Groschen und flüsterte: »Da, Matz! Lass dich aber nicht klappen. Der schöne Theodor hat Gartenwache. Wenn der sieht, dass du aus dem Tore rennst, bist du geliefert.«

»Lass mich doch mit deinen albernen Primanern zufrieden, du Angströhre«, sagte Matthias großartig und steckte das Geld ein.

»Und vergiss nicht, in die Turnhalle zu kommen! Wir haben wieder Probe.«

»Eisern!«, meinte Matz, nickte und verschwand, um sich schleunigst beim Bäcker Scherf in der Nordstraße Kuchenabfälle zu besorgen.

Draußen schneite es. Weihnachten lag in der Luft. Man konnte es schon förmlich riechen … Die meisten Schüler liefen in den Park hinaus, beschossen sich mit Schneebällen oder rüttelten, wenn jemand gedankenvoll des Wegs kam, mit aller Kraft an den Bäumen, dass der Schnee schwer aus den Zweigen prasselte. Hundertfältiges Gelächter erfüllte den Garten. Einige Oberklassianer schritten würdig, Zigaretten rauchend und mit hochgeklapptem Mantelkragen, zum Olymp hinauf. (Olymp, so hieß seit Jahrzehnten ein entlegener geheimnisreicher Hügel, den nur die Primaner betreten durften und der, einem Gerücht nach, mit alten germanischen Opfersteinen ausgestattet war, an denen, alljährlich vor Ostern, gespenstische Aufnahmefeierlichkeiten vorgenommen wurden. Brrr!)

Andere Schüler blieben im Schulgebäude, stiegen zu den Wohnzimmern hinauf, um zu lesen, Briefe zu schreiben, ein Mittagsschläfchen zu halten oder zu arbeiten. Aus den Klavierzimmern erscholl laute Musik.

Auf dem Turnplatz, der vor einer Woche vom Hausmeister in eine Eisbahn verwandelt worden war, lief man Schlittschuh. Dann gab es plötzlich eine haarige Prügelei. Die Eishockeymannschaft wollte trainieren. Aber die Schlittschuhläufer wollten nicht von der Bahn herunter. Ein paar Sextaner und Quintaner mussten, mit Schneeschippen und Besen bewaffnet, das Eis säubern, froren an den Fingern und schnitten wütende Gesichter.

Vor dem Schulhaus staute sich eine aufgeregte Kindermenge und blickte nach oben. Denn im dritten Stockwerk balancierte der Sekundaner Gäbler auf den schmalen Fenstersimsen die Hauswand entlang aus einem Zimmer ins andere. Wie eine Fliege klebte er an der Mauer und schob sich langsam, Schritt für Schritt, seitwärts.

Die Jungen, die ihm zuschauten, hielten den Atem an.

Endlich war Gäbler am Ziel und sprang, mit einem Satz, durchs weit geöffnete Fenster!

»Bravo!«, riefen die Zuschauer und klatschten begeistert in die Hände.

»Was war denn eben los?«, fragte ein Primaner, der etwas später vorüberkam.

»Och, nichts Besonderes«, antwortete Sebastian Frank. »Wir haben bloß den Schreivogel gebeten, mal aus dem Fenster zu gucken. Weil der Harry nicht glauben wollte, dass der Schreivogel schielt.« Die anderen lachten.

»Du willst mich wohl auf den Arm nehmen?«, fragte der Primaner.

»Nicht doch, nicht doch«, erwiderte Sebastian bescheiden. »Bei Ihrer Größe? Ich würde mir ja glatt den Arm verstauchen.«

Der Primaner zog es vor, beflügelten Schritts weiterzugehen. Da kam Uli angerannt. »Sebastian, du sollst zur Probe kommen!«

»Der König sprach's, der Knabe lief«, deklamierte Sebastian spöttisch und setzte sich langsam in Trab.

Vor der Turnhalle standen schon drei Jungen. Johnny Trotz, der Verfasser des Weihnachtsstücks mit dem spannenden Titel »Das fliegende Klassenzimmer«; Martin Thaler, Primus und Bühnenmaler in einer Person, und Matthias Selbmann, der immer Hunger hatte, besonders nach den Mahlzeiten, und der später Boxer werden wollte. Er kaute und hielt dem mit Sebastian daherkommenden kleinen Uli ein paar Kuchenränder entgegen. »Da!«, brummte er. »Iss auch was, damit du groß und stark wirst.«

»Wenn du nicht so dumm wärst«, sagte Sebastian zu Matz, »so würde ich jetzt ausrufen: Wie kann ein gescheiter Mensch nur so viel fressen!«

Matthias zuckte gutmütig mit den Achseln und kaute weiter.

Sebastian stellte sich auf die Zehen, blickte durch das Fenster und schüttelte den Kopf. »Die Halbgötter hüpfen schon wieder Tango.«

»Los!«, befahl Martin, und die fünf Jungen betraten die Turnhalle.

Das Schauspiel, das sich ihnen bot, missfiel ihnen offensichtlich. Zehn Primaner tanzten paarweise übers Parkett.

Zehn Primaner tanzten paarweise übers Parkett.

Man übte für die Tanzstunde. Der lange Thierbach hatte sich, von der Köchin wahrscheinlich, den Hut geborgt. Er hatte ihn schief auf den Kopf gesetzt und bewegte sich, vom Arm des Partners krampfhaft elegant umfangen, als sei er eine junge Dame.

Martin ging zu dem Klavier hinüber, an dem der schöne Theodor saß und so falsch wie möglich in die Tasten hieb.

»Diese Fatzken«, knurrte Matthias verächtlich. Uli versteckte sich hinter ihm.

»Ich muss Sie bitten aufzuhören«, sagte Martin höflich. »Wir wollen das Stück von Johnny Trotz weiterprobieren.«

Die Tänzer hielten inne. Der schöne Theodor unterbrach sein Klavierspiel und meinte hochnäsig: »Wartet gefälligst, bis wir die Turnhalle nicht mehr brauchen!« Dann spielte er weiter. Und die Primaner tanzten wieder.

Martin Thaler, der Primus der Tertia, kriegte seinen weit und breit bekannten roten Kopf. »Hören Sie, bitte, auf!«, sagte er laut. »Doktor Bökh hat uns erlaubt, täglich von zwei bis drei Uhr mittags in der Turnhalle zu probieren. Das wissen Sie ganz genau.«

Der schöne Theodor drehte sich auf dem Klavierstuhl herum. »Wie sprichst du eigentlich mit deinem Stubenältesten? He?«

Uli wollte auskneifen. Er hatte keinen Sinn für brenzlige Situationen. Aber Matthias hielt ihn an dem Rockärmel fest, starrte wütend zu den Primanern hinüber und murmelte:

»Teufel, Teufel! Soll ich dem langen Laban eins vor den Latz knallen?«

»Ruhe!«, sagte Johnny. »Martin bringt das schon in Ordnung.«

Die Primaner standen im Kreis um den kleinen Thaler herum, als wollten sie ihn fressen. Und der schöne Theodor begann wieder seinen Tango zu spielen. Da stieß Martin die Umstehenden beiseite, trat dicht ans Klavier und schlug den Deckel zu! Den Primanern blieb vor Staunen die Spucke weg. Matthias und Johnny eilten zu Hilfe. Doch Martin wurde ohne sie fertig. »Sie haben sich genau wie wir an die bestehenden Bestimmungen zu halten!«, rief er empört. »Bilden Sie sich nur nichts drauf ein, dass Sie zufällig ein paar Jahre älter sind als wir! Beschweren Sie sich über mich bei Doktor Bökh! Aber ich bestehe darauf, dass Sie die Turnhalle augenblicklich verlassen!«

Dem schönen Theodor war der Klavierdeckel auf die Finger gefallen. Sein hübsches Fotografiergesicht verzerrte sich vor Wut. »Na warte, mein Jungchen«, sagte er drohend. Dann räumte er das Feld.

Sebastian öffnete die Tür und verbeugte sich, ausgesucht höflich, vor den abziehenden Primanern. »Diese Herren Eintänzer«, meinte er abfällig, als sie draußen waren. »Drehen sich in ihrer Tanzstunde mit angemalten Fräuleins im Kreise und halten sich für die Erdachse. Sie sollten lieber einmal lesen, was Arthur Schopenhauer über die Weiber schreibt.«

»Ich finde die Mädchen sehr nett«, sagte Johnny Trotz.

»Und ich hab eine Tante, die kann boxen«, bemerkte Matthias stolz.

»Los, los!«, rief Martin. »Jonathan! Die Probe kann anfangen.«

»Jawohl«, sagte Johnny. »Also heute kommt das letzte Bild noch einmal dran. Das sitzt noch gar nicht. Matz, du kannst deine Rolle schweinemäßig.«

»Wenn mein alter Herr wüsste, dass ich hier Theater spiele, nähme er mich sofort von der Penne«, meinte Matthias. »Ich tu's ja auch bloß euch zuliebe. Wer außer mir könnte denn sonst den Petrus spielen, wie?«

Dann holte er einen großen weißen Bart aus der Hosentasche und hängte sich ihn vors Gesicht.

Das Stück, das Johnny geschrieben hatte und das man zur Weihnachtsfeier in der Turnhalle aufführen wollte, hieß, wie gesagt, »Das fliegende Klassenzimmer«. Es bestand aus fünf Akten und war gewissermaßen eine fast prophetische Leistung. Es beschrieb nämlich den Schulbetrieb, wie er in Zukunft vielleicht wirklich stattfinden wird.

Im ersten Akt fuhr ein Studienrat, den Sebastian Frank mit Hilfe eines angeklebten Schnurrbarts naturgetreu darzustellen hatte, samt seiner Klasse im Flugzeug los, um den Geografieunterricht jeweils an Ort und Stelle abzuhalten. »Der Unterricht wird zum Lokaltermin«, hieß eine Verszeile im ersten

Akt. Die war aber nicht von Johnny, sondern von dem schrecklich gescheiten Sebastian, der damit, wenn er sie deklamierte, die Lehrer zum Lachen bringen wollte. Martin, der Klassenerste, hatte, weil er sehr gut zeichnete, die Bühnenbilder ausgeführt. An einem Barren wurde ein auf weiße Pappe gemaltes Flugzeug angezweckt. Es hatte drei Propeller und drei Motoren und eine aufklappbare Tür, durch die man in das Flugzeug (also eigentlich in den Barren) steigen konnte.

Uli Simmern spielte die Schwester eines der »fahrenden Schüler«. Er hatte sich von seiner Base Ursel ein Dirndlkleid schicken lassen. Und beim Friseur Krüger wollten sie eine blonde Gretchenperücke leihen. Eine Perücke mit langen geflochtenen Zöpfen. Sie waren am vergangenen Sonnabend, als sie Ausgang gehabt hatten, dort gewesen und hatten Uli die Perücke aufgesetzt. Er war nicht wiederzuerkennen gewesen. Er hatte zum Verwechseln einem Mädchen geglichen! Fünf Mark betrug die Leihgebühr. Aber Friseur Krüger hatte gesagt, falls sie später, wenn es so weit wäre, sich alle bei ihm rasieren lassen würden, leihe er ihnen die Perücke zum halben Preis. Das hatten sie ihm denn auch fest versprochen.

Na ja. Im ersten Akt fuhr die Klasse los. Im zweiten Akt landete das Flugzeug am Kraterrand des Vesuvs. Martin hatte den Feuer speienden Berg beängstigend schön auf einer großen Pappe aufgemalt. Man brauchte die Pappe nur vor ein Hochreck zu schieben, damit der Vesuv nicht umfiel – und schon konnte Sebastian, der Herr Studienrat, seinen gereimten Vortrag über das Wesen der Vulkane abhalten und die Schüler über Herculaneum und Pompeji, die von der Lava verschütteten römischen Städte, ausfragen. Schließlich brannte er sich an der von Martin gemalten Flamme, die aus dem Krater emporschoss, eine Zigarre an, und dann fuhren sie weiter.

Im dritten Akt gingen sie bei den Pyramiden von Gizeh nieder, spazierten vor die nächste bemalte Pappwand und ließen sich von Sebastian über die Erbauung dieser riesigen Königsgräber aufklären. Dann kam Johnny, mumienbleich bemalt, als Ramses II. aus einer der Pyramiden hervor. Dabei musste er sich freilich bücken, denn die Pappe war zu klein. Ramses hielt zunächst eine Lobrede auf die fruchtbaren Fluten des Nils und auf den Segen des Wassers im Allgemeinen. Später erkundigte er sich nach dem Verlauf des Weltunterganges, den ihm sein Sterndeuter geweissagt hatte. Er war sehr aufgebracht, als er vernahm, dass die Erde noch immer existiere. Und er drohte, er werde den Sterndeuter fristlos entlassen. Uli, der das Mädchen spielte, musste den alten ägyptischen Pharao auslachen und sagen, der Sterndeuter sei doch längst tot. Daraufhin machte Ramses II. ein geheimnisvolles Zeichen, und Uli hatte ihm, völlig behext, in die sich langsam schließende Pyramide zu folgen. Die Zurückbleibenden mussten erst traurig sein, sich dann aber doch losreißen.

Im vierten Akt landete das »Fliegende Klassenzimmer« am Nordpol. Sie sahen die Erdachse aus dem Schnee herausragen und konnten mit eigenen Augen feststellen, dass die Erde an den Polen abgeplattet ist. Sie sandten eine Funkfotografie davon ans Kirchberger Tageblatt, hörten von einem Eisbären, den Matthias, in ein Fell gehüllt, darstellte, eine ergreifende Hymne auf die Einsamkeit zwischen Eis und Schnee, schüttelten ihm zum Abschied die Pranke und flogen weiter.

Durch ein Versehen des Studienrats und weil das Höhensteuer versagte, kamen sie, im fünften und letzten Akt, in den Himmel. Und zwar zu Petrus, der vor einem Tannenbaum saß, das Kirchberger Tageblatt las und Weihnachten feierte. Er erzählte ihnen, dass er ihren Rektor, den Oberstudiendirektor Prof. Dr. Grünkern, gut kenne. Und wie es ihm gehe. Und hier oben sei nicht viel zu sehen. Denn der Himmel sei ja unsichtbar. Und fotografieren dürften sie auch nicht.

Der Studienrat fragte, ob ihnen Petrus das kleine Mädchen, das Ramses II. in die Pyramiden entführt habe, nicht wiederbeschaffen könne. Petrus nickte, sagte einen Zauberspruch, und prompt kam Uli aus einer gemalten Wolke herausgeklettert! Sie freuten sich kolossal und sangen »Stille Nacht, heilige Nacht«.

Das würden dann zur Weihnachtsfeier die Zuschauer, Lehrer und Schüler, alle mitsingen. Und so musste die Aufführung bestimmt ein gutes Ende nehmen.

Heute probten sie also den letzten Akt. Petrus, nämlich Matthias, saß auf einem Stuhl vor einem gemalten Lichterbaum, und die anderen – außer Uli, der ja noch in der Pyramide war – umstanden ihn ehrfürchtig. Matthias kraulte sich in

seinem weißen Umhängebart und sagte mit möglichst tiefer
Stimme:

>»Der Himmel ist für euresgleichen
ja doch nur scheinbar zu erreichen.
Ihr fliegt herauf in Apparaten.
Ihr blickt herein durchs Okular.
Doch glaubt es mir: Trotz solcher Taten
bleibt euch der Himmel unsichtbar.
Er ist für euch verbaut mit Mauern.
Ihr seht nur mich. Sonst seid ihr blind.

Martin: Das ist aufs Tiefste zu bedauern.

Sebastian: Wir wollen nicht darüber trauern, sondern so
              bleiben, wie wir sind.

Petrus: Den Himmel, wie er ist, sehn nur die Toten.

Johnny: Darf ich von Ihnen ein paar Fotos machen?

Petrus: Fotografieren ist hier streng verboten.
              Wir haben keinen Sinn für solche Sachen.
              Forscht, wo ihr was zum Forschen findet.
              Das Unerforschbare …«

Matthias stolperte über das letzte Wort. Es war ihm zu schwierig, und dabei vergaß er den Text. Er starrte, stumm um Entschuldigung bittend, zu Johnny, dem Dichterfürsten, hinüber. Johnny trat zu ihm und sagte ihm leise vor.

»Stimmt. Hast ganz recht«, meinte Matz. »Aber weißt du, ich hab so einen Hunger. Und das schlägt mir immer enorm aufs Gedächtnis.« Dann nahm er sich aber zusammen, hustete und fuhr fort:

>»Forscht, wo ihr was zum Forschen findet.
>Das Unerforschbare lasst unergründet.
>Wir kennen euch. Ihr seid entrüstet,
>wenn euch etwas verboten ist.
>Ihr tut, als ob ihr alles wüsstet.
>Obwohl ihr noch viel wissen müsstet,
>bevor ihr nur ein Zehntel wisst.

Johnny: Sankt Peter übertreibt entschieden.
Wir sind gar nicht so wissbegierig.
Den meisten wär's auch viel zu schwierig.

Martin: Und Dummheit, Petrus, macht zufrieden.

Sebastian: Wir hörten, dass Sie alles wissen.
Ist Ihnen auch vielleicht bekannt,
dass wir ein kleines Kind vermissen?

Es folgte Ramses und verschwand.
Nun irrt es durch das Labyrinth
der Pyramide.

Petrus: Armes Kind!
Ich werde eine Formel sprechen,
die das Verlorne wiederbringt.
Ihr dürft mich nur nicht unterbrechen!
Vielleicht, dass der Versuch gelingt …
Das Vergangne ist geblieben.
Und der Weg behält die Schritte.
Das Zerrissne bleibt geschrieben.
Komm und tritt –«

In diesem Augenblick wurde die Tür der Turnhalle stürmisch aufgerissen! Matthias blieb der Vers im Halse stecken. Die andern drehten sich erschrocken um, und Uli blickte neugierig aus der gemalten Wolke heraus, hinter der er seinen Auftritt erwartet hatte.

Im Rahmen der Tür stand ein Junge. Er blutete im Gesicht und an einer Hand. Sein Anzug war zerrissen. Er schmiss die Schülermütze wütend auf den Fußboden und brüllte: »Wisst ihr, was passiert ist?«

»Woher sollen wir das denn wissen, Fridolin?«, fragte Matthias freundlich.

»Wenn ein Externer nach dem Unterricht wieder in die

Schule kommt und noch dazu so verprügelt aussieht wie du«, meinte Sebastian, »dann …«

Aber Fridolin schnitt ihm das Wort ab. »Lass jetzt deinen Quatsch!«, rief er. »Die Realschüler haben mich und den Kreuzkamm auf dem Nachhauseweg überfallen. Den Kreuzkamm haben sie gefangen genommen. Und die Diktathefte, die wir seinem Alten zum Korrigieren bringen sollten, haben sie auch!« (Kreuzkamms Vater war nämlich Deutschlehrer am Johann-Sigismund-Gymnasium.)

»Teufel, Teufel! Die Diktathefte haben sie auch?«, fragte Matthias. »Gott sei Dank!«

Martin sah seinen Freund Johnny an. »Sind wir genug?«

Johnny nickte.

»Dann los!«, rief der Primus. »Über den Zaun in die Schrebergärten! Aber ein bisschen plötzlich! Wir sammeln uns beim Nichtraucher!«

Sie rasten aus der Halle. Uli rannte neben Matthias her. »Wenn uns jetzt der schöne Theodor erwischt, sind wir hin«, keuchte er.

»Dann bleib doch hier«, meinte Matthias.

»Du bist wohl verrückt?«, fragte der Kleine beleidigt.

Die sechs Jungen waren am Rand des Parks angelangt, erkletterten den Zaun und schwangen sich hinüber.

Matthias trug noch immer seinen falschen weißen Vollbart vorm Gesicht.

DAS ZWEITE KAPITEL

enthält Näheres über den Nichtraucher; drei orthografische Fehler;
Ulis Angst vor der Angst; den Kriegsrat im Eisenbahnwaggon;
die Entsendung des Kundschafters Fridolin; den Grund, warum
Kreuzkamm überfallen wurde, und einen Dauerlauf zu fünft.

Den Nichtraucher – so nannten sie einen Mann, dessen wirklichen Namen sie gar nicht kannten. Sie nannten ihn nicht etwa den Nichtraucher, weil er nicht geraucht hätte; er rauchte sogar sehr viel. Sie besuchten ihn oft. Sie besuchten ihn heimlich und mochten ihn gern. Sie mochten ihn fast so gern wie ihren Hauslehrer, den Doktor Johann Bökh. Das will viel heißen.

Und sie nannten ihn den Nichtraucher, weil in seinem Schrebergarten ein ausrangierter Eisenbahnwaggon stand, in dem er Sommer und Winter wohnte; und dieser Waggon enthielt lauter Nichtraucherabteile zweiter Klasse. Er hatte ihn, als er vor einem Jahr in die Gartenkolonie zog, für hundertachtzig Mark von der Deutschen Reichsbahn gekauft, ein bisschen umgebaut und lebte nun darin. Die kleinen weißen Schilder, auf denen »Nichtraucher« stand, hatte er am Wagen stecken lassen.

Im Sommer und im Herbst blühten in seinem kleinen Garten wunderbare Blumen. Wenn er mit dem Umpflanzen, Gießen und Jäten fertig war, legte er sich ins grüne Gras und las in einem der vielen Bücher, die er besaß. Im Winter lebte er natürlich meist im Wagen. Mit einem kleinen Kanonenofen, dessen blauschwarzes Rohr zum Dach herausschaute und manchmal schrecklich qualmte, hielt er sein komisches Haus warm.

Zu Weihnachten sollte ihm Johnny bescheren. (Johnny blieb diesmal auch während der Weihnachtsferien in der Schule; denn der Kapitän war nach New York unterwegs.) Sie hatten Geld gesammelt und schon ein paar Geschenke besorgt: warme Strümpfe, Tabak, Zigaretten und einen schwarzen Pullover. Hoffentlich passte der. Sie hatten vorsichtshalber Umtausch ausgemacht.

Martin, der sehr wenig Geld besaß, weil seine Eltern arm waren und er eine halbe Freistelle bekam, hatte ein Bild für den Nichtraucher gemalt. Es hieß »Der Einsiedler«, und man sah einen Mann darauf, der zwischen bunten Blumen in einem Schrebergarten saß. Am Zaun standen drei winkende Knaben, die er freundlich und doch traurig anschaute. Auf seinen Schultern und Händen hockten kleine, zutrauliche Kohlmeisen und Rotkehlchen; und schillernde Schmetterlinge tanzten über seinem Kopf einen Reigen.

Es war ein sehr schönes Bild. Martin hatte mindestens vier Stunden dafür gebraucht.

Wenn er mit dem Gießen fertig war,
legte er sich ins grüne Gras und las.

Mit diesen Dingen sollte Johnny den Nichtraucher am Heiligen Abend überraschen. Sie wussten, dass er mutterseelenallein sein würde. Und das tat ihnen leid.

Abends zog er immer seinen besten Anzug an und ging in die Stadt hinunter. Er hatte ihnen erzählt, er gebe Klavierunterricht. Das glaubten sie aber nicht, obwohl sie nicht widersprachen. Rudi Kreuzkamm, der ja extern war und viel in der Stadt herumkam, hatte behauptet, der Nichtraucher spiele abends, bis in die Nacht hinein, in der Vorstadtkneipe »Zum letzten Knochen« Klavier und er kriege eine Mark, fünfzig Pfennig dafür und ein warmes Abendbrot. Erwiesen war es zwar nicht, doch möglich war's schon. Es war ihnen auch gleichgültig. Fest stand nur, dass er ein feiner, kluger Kerl war und wahrscheinlich viel Unglück im Leben gehabt hatte. Er sah nicht aus, als ob es von Anfang an sein Ziel gewesen sei, in verrauchten Kneipen Schlager herunterzudreschen.

Schon oft hatten sie sich heimlich bei ihm Rat geholt. Vor allem dann, wenn sie ihren Hauslehrer nicht fragen wollten. Doktor Bökh hieß mit seinem Spitznamen Justus. Das heißt auf Deutsch: der Gerechte! Denn Doktor Bökh war gerecht. Gerade deswegen verehrten sie ihn so.

Manchmal brauchten sie aber eben Ratschläge in solchen Fällen, wo Recht und Unrecht schwer voneinander zu trennen waren. Dann trauten sie sich nicht zum Justus, sondern kletterten hastig über den Zaun, um den Nichtraucher zu fragen.

Martin, Johnny, Sebastian und Fridolin, der verwundete Externe, traten durch das Tor des kahlen, verschneiten Gartens. Martin klopfte. Und dann verschwanden sie in dem Eisenbahnwaggon.

Matthias und Uli blieben vor dem Tor stehen. »Da ist, scheint's, wieder mal eine feierliche Keilerei fällig«, bemerkte Matthias voller Genugtuung.

Und Uli sagte: »Vor allem müssen wir schauen, dass wir die Diktathefte wiederkriegen.«

»Bloß nicht!«, entgegnete Matthias. »Ich hab das dunkle Gefühl, als hätte ich furchtbaren Stuss zusammengeschmiert. Hör mal, Kleiner, schreibt man Provintz mit tz?«

»Nein«, antwortete Uli. »Nur mit z.«

»Aha«, sagte Matthias. »Das hab ich also schon falsch gemacht. Und Profiand? Mit f?«

»Nein, mit v.«

»Und hinten?«

»Mit t.«

»Teufel, Teufel!«, meinte Matthias. »In zwei Wörtern drei Fehler. Die reinste Rekordhascherei! Ich bin dafür, die Realschüler sollen uns den Kreuzkamm herausgeben und die Diktathefte behalten.«

Sie schwiegen eine Weile. Uli trat, weil er fror, von einem Fuß auf den andern. Schließlich sagte er: »Trotzdem würde ich sofort mit dir tauschen, Matz. Ich mache zwar nicht so viele Fehler im Diktat. Und im Rechnen auch nicht. Aber ich hätte furchtbar gern deine schlechten Zensuren, wenn ich außerdem deine Courage hätte.«

»Das ist ja nun kompletter Quatsch«, erklärte Matthias. »An meiner Dummheit ist nicht zu rütteln. Da kann mir mein Alter Nachhilfestunden geben lassen, so viel er will. Ich kapiere den Kram ja doch nicht! Es ist mir, offen gestanden, auch ganz egal, wie man Provintz und Profiand und Karrusel schreiben muss. Ich werde später mal Boxweltmeister, und da brauche ich keine Orthografie. Aber dass du ein Angsthase bist, das kannst du doch, wenn du willst, ändern!«

»Hast du 'ne Ahnung«, meinte Uli niedergeschlagen, und er rieb sich die klammen Finger. »Was ich schon alles angestellt habe, um mir die Feigheit abzugewöhnen – das geht auf keine Kuhhaut. Jedes Mal nehm ich mir vor, nicht davonzulaufen und mir nichts bieten zu lassen. Felsenfest nehm ich mir's vor! Aber kaum ist es so weit, dann reiß ich auch schon aus. Ach, ist das ekelhaft, wenn man spürt, dass einem die andern absolut nichts zutrauen!«

»Na, du müsstest eben einmal irgendwas tun, was ihnen Respekt einjagt«, sagte Matthias. »Etwas ganz Tolles. Dass sie denken: Donnerwetter, ist der Uli ein verfluchter Kerl. In dem haben wir uns aber gründlich getäuscht. Findest du nicht auch?«

Uli nickte, senkte den Kopf und stieß mit den Stiefelspitzen an eine Zaunlatte. »Ich friere wie ein Schneider«, erklärte er schließlich.

»Das ist ja auch kein Wunder«, meinte Matthias streng. »Du isst zu wenig! Es ist geradezu eine Schande. Man kann es kaum mit ansehen. Heimweh hast du wahrscheinlich außerdem, was?«

»Danke, es geht«, sagte Uli leise. »Nur abends manchmal, oben im Schlafsaal, wenn sie drüben in der Infanteriekaserne den Zapfenstreich blasen.« Er schämte sich.

»Und ich hab schon wieder einen Hunger!«, rief Matthias, über sich selber empört. »Heute früh beim Diktat auch. Am liebsten hätte ich den ollen Professor Kreuzkamm gefragt, ob er mir 'ne Stulle borgen könnte. Stattdessen muss man überlegen, ob sich so blöde Wörter mit tz oder mit v schreiben!«

Uli lachte und sagte: »Matz, nimm doch endlich deinen weißen Vollbart aus dem Gesicht.«

»Herrje, hab ich die Matratze immer noch umhängen?«, fragte Matthias. »Das sieht mir ähnlich.« Er steckte den Bart in die Tasche, bückte sich, machte eine Kollektion Schneebälle und warf sie mit aller Kraft nach dem Schornstein des Nichtrauchers. Er traf zweimal.

Im Innern des Eisenbahnwaggons saßen die vier anderen Jungen unruhig auf den abgewetzten Plüschpolstern. Ihr Freund, der Nichtraucher, war noch gar nicht alt. Fünfunddreißig Jahre vielleicht. Er trug einen verschossenen Trainingsanzug, lehnte an der Schiebetür, rauchte aus einer kleinen englischen Pfeife und lauschte lächelnd dem ausführlichen Bericht, den

Fridolin von dem Überfall gab. Schließlich war der Junge fertig.

Sebastian sagte: »Es wird das Gescheiteste sein, wenn Fridolin gleich abschwirrt und bei Kreuzkamms unauffällig feststellt, ob der Rudi inzwischen heimgekommen ist und ob er die Diktathefte mitgebracht hat.«

Fridolin sprang auf und sah den Nichtraucher an. Der nickte.

Und Martin rief: »Wenn der Rudi noch nicht da sein sollte, musst du das Dienstmädchen einweihen, damit der Professor nichts erfährt.«

»Und dann«, meinte Sebastian, »kommst du vor das Haus vom Egerland. Dort warten wir auf dich. Und wenn die Bande den Rudi und die Hefte noch nicht herausgerückt hat, steigen wir dem Egerland aufs Dach. Er hat den Überfall geleitet. An ihn müssen wir uns halten. Vielleicht nehmen wir ihn als Geisel gefangen, verhandeln dann mit den anderen Realschülern und tauschen ihn gegen Rudi aus.«

»Also gut«, sagte Fridolin. »Wo der Egerland wohnt, das wisst ihr. Ja? Förstereistraße 17. Bis nachher! Aber dass ihr auch dort seid!«

»Eisern!«, riefen die anderen. Fridolin gab dem Nichtraucher die mit einem Taschentuch verbundene, von den Feinden zerkratzte Hand und stürmte hinaus. Die anderen Jungen standen auch auf.

»Nun erklärt mir bloß«, sagte der Nichtraucher mit seiner klaren, beruhigenden Stimme, »wieso der Egerland und die übrigen Realschüler auf den Einfall gekommen sein mögen, euren Professorensohn gefangen zu nehmen und eure wissenschaftlichen Schriften zu beschlagnahmen!«

Die Jungen schwiegen. Dann sagte Martin: »Das ist was für unseren Dichter. Johnny, erzähle!«

Und Johnny ergriff das Wort. »Dieser Überfall hat eine lange Vorgeschichte«, berichtete er. »Dass die Realschüler mit uns verzankt sind, das ist gewissermaßen prähistorisch. Es soll vor zehn Jahren schon genauso gewesen sein. Es ist ein Streit zwischen den Schulen, nicht zwischen den Schülern. Die Schüler führen eigentlich nur aus, was ihnen die Chronik der Pennen vorschreibt. Wir haben ihnen im vorigen Monat, als wir Ausgang hatten, auf den Spielwiesen eine Fahne abgejagt. Eine Art Räuberflagge. Mit einem scheußlichen Totenschädel drauf. Wir verweigerten die Herausgabe der Beute. Und da beschwerten sie sich telefonisch beim Justus. Der machte uns einen haushohen Krach. Wir verrieten aber nichts. Da drohte er: Wenn die Fahne nicht binnen drei Tagen in den Händen der Realschüler sei, dürften wir ihn zwei Wochen lang nicht grüßen.«

»Eine kuriose Drohung«, meinte der Nichtraucher und lächelte nachdenklich. »Wirkte sie denn?«

»Wie Backpflaumen«, sagte Johnny. »Am nächsten Tage schon fanden die Realschüler ihre Fahne wieder. Sie lag, wie aus den Wolken gefallen, im Schulhof.«

Sebastian fiel Johnny ins Wort. »Die Sache hatte nur einen Haken. Die Fahne war ein bisschen zerrissen.«

»Ein bisschen sehr zerrissen«, verbesserte Martin.

»Und nun werden sie sich an den Diktatheften rächend betätigen wollen«, schloss Sebastian, scharfsinnig wie immer, den Vortrag.

»Na, da zieht mal in euren prähistorischen Krieg«, sagte der Nichtraucher. »Vielleicht komm ich aufs Schlachtfeld in die Förstereistraße und verbinde die Verwundeten. Ich muss mich nur rasch umziehen. Und euer Justus, der gefällt mir immer besser.«

»Ja«, rief Martin begeistert. »Der Doktor Bökh ist ein großartiger Kerl.«

Der Nichtraucher zuckte leicht zusammen. »Wie heißt euer Justus?«

»Doktor Johann Bökh«, sagte Johnny. »Kennen Sie ihn etwa?«

»Kein Gedanke«, meinte der Nichtraucher. »Ich kannte früher einmal jemanden, der so ähnlich hieß … Nun macht aber, dass ihr auf den Kriegspfad kommt, ihr Hottentotten! Und brecht niemandem das Genick. Euch nicht und den anderen auch nicht. Ich lege nur noch ein Brikett in meinen Kamin und zieh mich um.«

»Auf Wiedersehen!«, schrien die drei Jungen und rannten in den Garten.

Draußen sagte Sebastian: »Ich wette, er kennt den Justus.«

»Das geht uns einen Dreck an«, erklärte Martin. »Wenn er ihn besuchen will – die Adresse weiß er ja nun.«

Sie stießen auf Matthias und Uli. »Na endlich«, knurrte Matthias. »Uli ist schon halb erfroren.«

»Dauerlauf macht warm«, sagte Martin. »Los!« Und dann trabten sie stadtwärts.

DAS DRITTE KAPITEL

enthält Fridolins Rückkehr; ein Gespräch über den ulkigsten Primus von Europa; Frau Egerlands neuesten Ärger; einen reitenden Boten zu Fuß; unannehmbare Bedingungen; einen brauchbaren Schlachtplan und den noch brauchbareren Vorschlag des Nichtrauchers.

Es schneite noch immer. Der Atem der rennenden Jungen dampfte, als ob sie dicke Zigarren rauchten. Vor den Eden-Lichtspielen am Barbarossaplatz standen ein paar externe Quartaner. Sie wollten ins Kino gehen und warteten darauf, dass geöffnet wurde.

»Lauft mal ruhig weiter!«, rief Martin seinen Kameraden zu. »Ich hole euch schon wieder ein.« Dann trat er zu den Quartanern. »Ihr könntet uns einen Gefallen tun«, sagte er. »Lasst das Kino schießen! Die Realschüler haben den Kreuzkamm gefangen genommen, und wir müssen ihn rauspauken.«

»Sollen wir gleich mitkommen?«, fragte der Quartaner Schmitz. Er war klein und kugelrund und wurde Fässchen genannt.

»Nein«, meinte Martin. »Es hat Zeit. Seid, bitte, in einer Viertelstunde in der Vorwerkstraße, an der Ecke der Förstereistraße. Bringt noch 'n paar Jungens mit. Aber verteilt euch

49

beim Anmarsch. Und steckt die Mützen ein! Sonst wissen die Realisten zu früh, dass wir was vorhaben.«

»Schon gut, Martin«, sagte das Fässchen.

»Also, ich verlasse mich auf euch.«

»Eisern!«, riefen die Quartaner. Und Martin rannte keuchend weiter. Er holte die anderen ein und führte sie, da man unbemerkt bleiben wollte, auf Umwegen an die Förstereistraße heran. In der Vorwerkstraße, an der Ecke, machten sie halt.

Wenig später kam Fridolin angefegt.

»Na?«, fragten sie alle wie aus einem Mund.

»Der Rudi ist noch nicht zu Hause«, sagte er, ganz außer Atem. »Das Dienstmädchen ist glücklicherweise gar nicht so dämlich, wie sie aussieht. Sie will dem Professor, wenn er fragt, weismachen, Rudi sei bei mir zum Essen eingeladen.«

»Es wird also ernst«, meinte Matthias befriedigt. »Da will ich mal schnell in die Nummer 17 gehen und den Egerland in Atome zertrümmern.«

»Hier bleibst du!«, befahl Martin. »Mit Prügeln allein ist uns nicht geholfen. Und wenn du dem Egerland den Kopf abreißt, wissen wir immer noch nicht, wo der Kreuzkamm mit den Heften steckt. Wart's nur ab. Wir werden dich schon noch brauchen.«

»Das ist eine Aufgabe für mich«, meinte Sebastian Frank, und damit hatte er recht. »Ich geh als Parlamentär hin. Vielleicht gelingt die Sache auf dem Verhandlungswege.«

»So siehst du gerade aus.« Matthias lachte abfällig.

»Ich werde wenigstens ausfindig machen, wo der Rudi steckt«, sagte Sebastian. »Das ist auch schon was wert.« Er zog ab. Martin begleitete ihn ein Stück.

Matthias lehnte sich an eine Laterne, zog ein Oktavheft aus der Tasche und bewegte die Lippen, als rechne er.

Uli fror schon wieder.

»Was zählst du denn, Matz?«, fragte er.

»Meine Schulden«, gestand Matthias trübselig. »Ich fresse meinen alten Herrn noch kahl.« Dann klappte er das Heft zu, steckte es wieder ein und sagte: »Fridolin, pump mir 'nen Groschen! Im Dienst der guten Sache. Du kriegst ihn spätestens übermorgen zurück. Mein Alter hat geschrieben, dass er das Reisegeld und außerdem zwanzig Mark abgeschickt hat. Wenn ich jetzt nichts esse, kann ich nachher nicht zuschlagen.«

»Das ist ja glatte Erpressung«, sagte Fridolin und gab ihm zehn Pfennige.

Matthias schoss wie ein Pfeil in den nächsten Bäckerladen. Als er wiederkam, kaute er selig und hielt den anderen eine Tüte hin. Es waren Semmeln. Aber die anderen wollten nicht. Fridolin spähte gespannt um die Straßenecke. Und Johnny Trotz betrachtete ein Kolonialwarengeschäft, als liege mindestens der Schatz der Inkas im Schaufenster. Sie kannten das schon an ihm. Bei allem, was er anschaute, machte er Augen, als habe er es noch nie vorher gesehen. Deswegen redete er wohl auch so wenig. Er war dauernd mit Sehen und Hören beschäftigt.

Da bog Martin um die Ecke, nickte ihnen aber nur zu und

verschwand im Eckhaus der Vorwerkstraße. Uli freute sich über den Appetit von Matthias und sagte: »Der Martin ist ein Kerl, was? Wie er vorhin die Primaner aus der Turnhalle hinausfensterte!«

»Martin ist ganz ohne Frage der ulkigste Primus von Europa«, meinte Matthias kauend. »Er ist widerlich fleißig und trotzdem kein Streber. Er ist, seit er in der Penne ist, Klassenerster und macht trotzdem jede ernsthafte Keilerei mit. Er hat eine halbe Freistelle und kriegt Stipendien, aber er lässt sich von niemandem was bieten. Ob das nun Primaner sind oder Pauker oder die Könige aus dem Morgenlande – wenn er im Recht ist, benimmt er sich wie eine Herde wilder Affen.«

»Ich glaube, er hat sich den Justus zum Vorbild genommen«, sagte Uli, als verrate er ein großes Geheimnis. »Er liebt die Gerechtigkeit genau wie der Justus. Und da wird man wahrscheinlich so 'n Kerl.«

Sebastian klingelte in der Förstereistraße 17, im dritten Stock, bei Egerlands. Eine Frau öffnete und blickte ihn mürrisch an. »Ich gehe mit Ihrem Sohn in dieselbe Klasse«, sagte Sebastian. »Kann ich ihn mal sprechen?«

»Das ist ja heute wie im Taubenschlag«, brummte die Frau. »Was ist denn mit euch Brüdern los? Einer holt den Kellerschlüssel, um seinen Rodelschlitten einzustellen. Der Zweite braucht dringend eine Wäscheleine. Und die Übrigen kommen in die Wohnung und machen mir die Teppiche dreckig.«

Sebastian putzte sich die Stiefel auf dem Strohdeckel sauber und fragte: »Ist er jetzt allein, Frau Egerland?«

Sie nickte unwillig und ließ ihn eintreten. »Dort ist sein Zimmer.« Sie zeigte auf eine Tür im Hintergrunde des Korridors.

»Ach, eh ich's vergesse«, sagte der Junge, »haben Sie den Kellerschlüssel schon wiedergekriegt?«

»Du willst wohl auch einen Schlitten einstellen?«, knurrte sie.

Er schüttelte den Kopf. »Nicht unbedingt nötig, liebe Frau Egerland«, meinte er und trat, ohne anzuklopfen, ins Zimmer des feindlichen Anführers.

Der Realschüler Egerland hüpfte vor Staunen vom Stuhl. »Was soll denn das heißen?«, rief er. »Ein Gymnastiker?«

»Ich bin gewissermaßen ein reitender Bote«, sagte Sebastian. »Ich bin ein Parlamentär und bitte, das zu berücksichtigen.«

Egerland runzelte die Stirn. »Dann binde dir wenigstens ein weißes Taschentuch um den Arm. Sonst geht's dir dreckig, wenn dich meine Leute erwischen.«

Sebastian holte ein Taschentuch heraus, meinte lächelnd: »Sehr weiß ist es nicht mehr«, und band es mit Hilfe der linken Hand und der Zähne um den rechten Arm.

»Und was willst du?«, fragte Egerland.

»Wir ersuchen euch um die Herausgabe des Gymnasiasten Kreuzkamm und der Diktathefte.«

»Was bietet ihr dafür?«

»Nichts«, sagte Sebastian kühl. »Unsre Leute sind im Anmarsch und werden sich den Gefangenen, wenn ihr ihn nicht freiwillig herausgebt, holen.«

Egerland lachte. »Erst müsst ihr wissen, wo er ist. Und dann müsst ihr ihn befreien. Das sind zwei Sachen, die viel Zeit kosten, mein Lieber.«

»Ich verbitte mir jede Art von Vertraulichkeit«, entgegnete Sebastian streng. »Ich bin nicht dein Lieber, verstanden? Außerdem erlaube ich mir den Hinweis, dass ihr mit dem Rudi Kreuzkamm nicht das Geringste anfangen könnt. Wollt ihr ihn etwa tagelang versteckt halten? Das könnte sehr unangenehm für euch werden. Aber zur Sache. Welche Bedingungen stellt ihr?«

»Eine einzige Bedingung müsst ihr erfüllen«, sagte Egerland. »Ihr schreibt sofort einen Brief an uns, in dem ihr euch entschuldigt, dass ihr unsre Fahne zerrissen habt, und in dem ihr bittet, wir möchten euch den Gefangenen und die Hefte zurückgeben.«

»Andernfalls?«

»Andernfalls verbrennen wir die Diktathefte, und der Kreuzkamm bleibt gefangen. Ich kann dir schon jetzt versprechen: Der wird, wenn ihr den Brief nicht schreiben solltet, bei uns zum alten Mann! Ohrfeigen kriegt er außerdem. Alle zehn Minuten sechs Stück.«

Sebastian sagte: »Die Bedingungen sind selbstverständlich unannehmbar. Ich fordere dich zum letzten Mal auf, den Kreuzkamm und die Hefte bedingungslos auszuliefern.«

»Wir denken ja gar nicht daran«, antwortete Egerland entschieden.

»Dann ist meine Aufgabe hier erledigt«, meinte Sebastian. »Wir schreiten in etwa zehn Minuten zur Befreiung des Gefangenen.«

Egerland nahm ein schwarzes Tuch vom Tisch, öffnete das Fenster, hängte das Tuch zum Fenster hinaus und brüllte »Ahoi!« in den Hof. Dann schloss er das Fenster, lachte spöttisch und sagte: »Bitte schön, holt ihn euch!«

Sie verbeugten sich feindselig voreinander, und Sebastian verließ eiligst die Wohnung. Als er zu seinen Leuten zurückkam, waren, unter Fässchens Leitung, eben die Quartaner eingetroffen. Ungefähr zwanzig Jungen standen in der Vorwerkstraße, froren an den Zehen und warteten gespannt auf den Parlamentär.

»Wir sollen einen Entschuldigungsbrief schreiben, wegen der zerrissenen Fahne«, berichtete Sebastian. »Und außerdem sollen wir schriftlich um die Herausgabe des Gefangenen und der Hefte bitten.«

»Da lachen ja die Hühner!«, rief Matthias. »Los, Kinder! Hauen wir sie in die Pfanne!«

»Wo steckt denn der Martin?«, fragte Uli besorgt.

»Und wo ist nun eigentlich der Kreuzkamm?«, fragte Johnny Trotz.

»Ich glaube, sie haben ihn in Egerlands Keller eingesperrt und gefesselt«, meinte Sebastian. »Egerlands alte Dame erzählte so etwas Ähnliches. Den Kellerschlüssel hätten sie verlangt. Und eine Wäscheleine.«

»Also rin ins Vergnügen!«, schrie Fässchen. Und auch die anderen konnten es nicht erwarten.

Da kam Martin angerannt. »Los! Sie versammeln sich schon im Hofe!«

Sebastian erstattete dem Primus Bericht.

»Wo warst du denn in der ganzen Zeit?«, fragte Uli.

Martin wies auf das Eckhaus in der Vorwerkstraße. »Von dort aus kann man in Egerlands Hof hinübersehen. Er hat ein schwarzes Tuch gehisst und ›Ahoi!‹ gebrüllt, und nun kommt die Bande aus den umliegenden Häusern angerückt.«

Er sah sich um und zählte. »Wir sind genug«, sagte er beruhigt.

»Weißt du vielleicht sogar, wo der Kreuzkamm steckt?«, fragte Sebastian eifersüchtig.

»Ja. In Egerlands Keller. Und ein paar Realisten bewachen ihn. Wir müssen sofort losschlagen. Sonst kommen da drüben immer mehr zusammen. Wir müssen den Hof stürmen und den Keller besetzen. Die eine Hälfte, unter Johnnys Kommando, dringt von der Straße her ins Haus. Die andere Hälfte, unter meiner Leitung, macht vom Eckhaus her, in dem ich eben war, über die Mauer weg einen Flankenangriff. Aber ein paar Minuten später.«

»Moment mal«, sagte jemand hinter ihnen. Sie drehten sich erschrocken um.

Der Nichtraucher stand lächelnd da. »Guten Tag!«, riefen sie allesamt und lächelten zurück.

»Das geht natürlich nicht, was ihr da vorhabt«, erklärte er. »Der Egerland hat bereits dreißig Jungen beisammen. Ich hab sie mir gerade betrachtet. Außerdem wird euer Krieg einen derartigen Krach verursachen, dass das Überfallkommando anrückt.«

»Und dann erfahren's beide Schulen«, sagte Uli frierend, »und es gibt Skandal. So kurz vor Weihnachten!«

Matthias sah den Kleinen streng an.

»Na ja, es ist doch wahr«, meinte Uli betreten. »Es ist nicht etwa, weil ich meinetwegen Angst hätte, Matz.«

»Was raten Sie uns also?«, fragte Martin.

»Seht ihr den Bauplatz da drüben? Ihr fordert die Realschüler auf, sich dort mit euch zu treffen. Und dann veranstaltet ihr einen Zweikampf. Wozu sollen sich denn alle verprügeln? Ihr und sie stellt je einen Vertreter. Es genügt, dass sich zwei verhauen. Wenn euer Vertreter gewinnt, müssen sie euch den Gefangenen bedingungslos herausgeben.«

»Und wenn der Realschüler gewinnt?«, fragte Sebastian ironisch.

»Teufel, Teufel!«, sagte Matthias. »Bist du plötzlich wahnsinnig geworden? Ich will nur schnell noch eine Semmel essen.« Er griff in seine Tüte und begann zu kauen. »Die Realisten werden den Wawerka aufstellen. Und den erledige ich mit der linken Hand.«

»Gut!«, rief Martin. »Versuchen wir's so! Sebastian, hau ab und bringe sie zum Bauplatz! Wir gehen schon hinüber.«

»Macht vorsichtshalber einen Berg Schneebälle!«, rief Sebastian. »Falls etwas schiefgeht.«

Dann raste er um die Ecke.

DAS VIERTE KAPITEL

enthält einen Zweikampf mit technischem K. o.; den Wortbruch der
Realschüler; Egerlands seelischen Konflikt; Martins geheimnisvollen
Schlachtplan; mehrere Ohrfeigen im Keller; ein Häufchen Asche;
die Erlaubnis, siegen zu dürfen, und Egerlands Rücktritt.

Auf der einen Seite des Bauplatzes standen die Gymnasiasten,
auf der anderen die Realschüler. Sie maßen einander mit bö-
sen Blicken. In der Platzmitte fand die förmliche Begegnung
der beiden Anführer statt.

Sebastian, der Unterhändler, begleitete Egerland. »Unsre
Gegner sind mit dem Vorschlag einverstanden«, sagte er zu
Martin. »Der Zweikampf wird also stattfinden. Sie stellen den
Heinrich Wawerka als ihren Vertreter auf.«

»Für uns wird Matthias Selbmann antreten«, erklärte Martin. »Das Turnier soll, schlägt er vor, entschieden sein, wenn
einer von beiden aus dem Kampfring flüchtet oder verteidi-
gungsunfähig geworden ist.«

Egerland sah zu Wawerka hinüber, einem großen, stäm-
migen Burschen. Wawerka nickte finster, und Egerland sagte:
»Wir nehmen die Kampfbedingungen an.«

»Wenn unser Vertreter siegt«, erklärte Sebastian, »liefert ihr uns bedingungslos den Gefangenen und die Hefte aus. Wenn Wawerka gewinnt, könnt ihr sie behalten.«

»Und dann schreibt ihr den Entschuldigungsbrief?«, fragte Egerland spöttisch.

»Auf alle Fälle wird dann neu verhandelt«, sagte Martin. »Schlimmstenfalls schreiben wir sogar den Brief. Zunächst findet aber das Duell statt.«

»Ich ersuche die Anführer, zu ihren Leuten zurückzukehren!«, rief Sebastian.

Nun lag der Platz zwischen den feindlichen Heerhaufen leer. Links löste sich Wawerka aus den Reihen der Realschüler. Von rechts näherte sich Matthias.

»Ahoi!«, schrien die Realisten.

»Eisern!«, brüllten die Gymnastiker.

Und jetzt standen die zwei Kämpfer einander lauernd gegenüber. Es war still geworden. Man wartete auf die Eröffnung der Feindseligkeiten. Keiner der beiden schien anfangen zu wollen.

Da bückte sich Wawerka blitzschnell und zerrte dem Gegner die Füße vom Boden fort. Matthias fiel rücklings und der Länge nach in den Schnee. Der andre warf sich über ihn und prügelte drauflos.

Die Realschüler jaulten vor Begeisterung. Die Gymnasiasten waren erschrocken; und Uli, der vor Kälte und Aufregung klapperte, sagte fortwährend leise vor sich hin: »Matz, sei, bitte, recht vorsichtig! Matz, sei ja recht vorsichtig! Mätzchen, sieh dich doch vor!«

Plötzlich kriegte Matthias den rechten Arm von Wawerka zu packen und drehte ihn langsam und unerbittlich herum. Wawerka fluchte wie ein Kutscher. Das half aber nichts. Er musste nachgeben und rollte zur Seite. Nun packte Matthias Wawerkas Kopf und drückte den Gegner mit dem Gesicht tief in den Schnee hinein. Der Realschüler zappelte mit den Beinen. Die Luft wurde ihm knapp.

Matthias ließ ihn überraschend frei, sprang drei Schritte zurück und erwartete den nächsten Angriff. Sein linkes Auge war geschwollen. Wawerka stand ächzend auf, spuckte ein halbes Pfund Schnee aus und stürmte zornig auf Matthias los. Der aber unterlief ihn, und der Realschüler flog im Hechtsprung über ihn weg. Wieder in den Schnee hinein! Die Gymnasiasten lachten und rieben sich die Hände. Matthias drehte sich zu seinen Freunden um und rief: »Jetzt fang ich überhaupt erst an!«

Wawerka stand auf, ballte die Fäuste und wartete. Matthias kam näher, holte aus und schlug zu. Der andere keilte zurück. Matz schlug wieder. So prügelten sie sich ein Weilchen, ohne ersichtliche Vorteile für den einen oder den andern. Da bückte sich Matthias. Wawerka senkte die Fäuste, um den Körper zu schützen. Matz aber schnellte hoch, schlug zu und traf den Realschüler am ungedeckten Kinn.

Wawerka taumelte, drehte sich betrunken im Kreise und kriegte die Arme nicht mehr hoch. Er war völlig benommen.

»Los, Matz!«, schrie Sebastian hinüber. »Mach ihn fertig!«

»Nein«, rief Matthias. »Er soll sich erst noch einmal erholen.«

Wawerka bückte sich mühsam und stopfte sich eine Portion Schnee in den Rockkragen. Das brachte ihn wieder zu sich. Er hob die Fäuste von neuem und rannte auf Matthias los. Der sprang zur Seite. Und Wawerka sauste an ihm vorbei. Die Realschüler brüllten »Ahoi!«. Wawerka blieb stehen, drehte sich um, wie ein Stier in der Arena, und knurrte: »Komm ran, du Lausejunge!«

»Moment«, sagte Matthias. Er schritt näher und hielt dem andern eine Faust unter die Nase. Wawerka schlug voller Wut zu. So wurde sein Gesicht wieder frei, und schon erhielt er ein derartiges Ding hinters Ohr, dass er sich hinsetzte. Er kam wieder hoch, schlingerte auf Matthias zu und wurde mit ein paar knallenden Ohrfeigen abgefangen. Sie waren gar nicht mehr nötig. Er war vollkommen erledigt. Matthias packte den Wehrlosen bei den Schultern, drehte ihn um und gab ihm einen Tritt. Wie eine aufgezogene Laufpuppe stolperte Heinrich Wawerka aus dem Kampfring, mitten in die sprachlose Gruppe der Realschüler hinein. Wenn sie ihn nicht aufgehalten hätten, wäre er weitergetorkelt.

Matthias wurde begeistert empfangen. Alle schüttelten ihm die Hand. Uli strahlte übers ganze Gesicht. »Und eine Angst hab ich deinetwegen ausgestanden!«, sagte er. »Tut das Auge sehr weh?«

»Keine Bohne«, brummte der Sieger gerührt. »Hast du übrigens meine letzte Semmel aufgehoben?« Der Kleine gab ihm die Tüte, und Matthias kaute wieder einmal.

»Nun wollen wir rasch den Kreuzkamm herausholen!«, rief das Fässchen.

Es kam aber anders. Egerland erschien, machte ein verlegenes Gesicht und sagte: »Es tut mir furchtbar leid. Meine Leute wollen euch den Gefangenen nicht ausliefern.«

»Aber das ist ja unmöglich!«, meinte Martin. »Wir haben es doch vorher ganz genau besprochen! Ihr könnt doch nicht einfach euer Wort brechen!«

»Ich bin ganz deiner Ansicht«, entgegnete Egerland niedergeschlagen. »Doch sie verweigern mir den Gehorsam. Ich kann nichts dagegen machen.«

Martin kriegte wieder seinen roten Kopf. »Das ist unglaublich!«, rief er außer sich. »Haben die Kerle denn keinen Anstand im Leibe?«

»Teufel, Teufel! Wenn ich das gewusst hätte«, sagte Matthias kauend, »dann hätte ich den Wawerka zu Frikasee gemacht. Uli, wie schreibt man Frikasee?«

»Mit zwei s«, antwortete Uli.

»Zu einem Frikasee mit vier s hätte ich ihn verarbeitet«, sagte Matthias.

»Mir ist die Geschichte entsetzlich peinlich«, meinte Egerland. »Ich bin zwar eurer Ansicht, aber ich muss doch zu meinen Leuten halten! Nicht wahr?«

»Natürlich«, sagte Sebastian. »Du hast eben Pech. Du bist ein typisches Beispiel für den Konflikt der Pflichten. Das gab's schon öfter.«

Der Nichtraucher kam langsam über den Platz, nickte Matthias anerkennend zu und erkundigte sich, was es denn gäbe.

Sebastian berichtete den Sachverhalt.

»Donnerschlag!«, sagte der Nichtraucher. »Solche Strolche gibt es unter den Jungens von heute? Es tut mir leid, Martin, dass ich euch den Zweikampf vorgeschlagen habe. So etwas ist natürlich nur unter anständigen Menschen möglich.«

»Sie haben vollkommen recht, mein Herr«, meinte Egerland. »Das Einzige, was ich tun kann, ist, dass ich mich dem Gymnasium als Geisel zur Verfügung stelle. Martin Thaler, ich bin euer Gefangener!«

»Bravo, mein Junge«, sagte der Nichtraucher. »Aber das hat natürlich nicht den geringsten Sinn. Wie viel Jungen sollen denn heute noch eingesperrt werden?«

»Es ist gut«, sagte Martin. Sein Gesicht war ernst und blass. »Du bist ein feiner Kerl. Gehe zu deinen Leuten zurück und teile ihnen mit, dass wir sie in zwei Minuten angreifen werden. Das wird übrigens der letzte Kampf zwischen uns und euch sein. Mit Wortbrüchigen kämpfen wir nicht mehr. Wir verachten sie nur.«

Egerland verbeugte sich stumm und lief fort.

Martin versammelte hastig die Jungen um sich und sagte leise: »Jetzt passt mal gut auf! In zwei Minuten beginnt ihr eine Schneeballschlacht mit allem Komfort. Die Leitung übernimmt Sebastian. Denn Matthias, Johnny Trotz und ich haben einen kleinen Ausflug vor. Wehe, wenn ihr die Schlacht gewinnt, bevor wir zurück sind! Ihr habt die Aufgabe, die Realschüler hier festzuhalten! Ihr dürft sogar ein bisschen zurückweichen. Damit sie euch verfolgen.«

»Das ist mir zu hoch«, meinte das Fässchen, bückte sich und buk Schneebälle.

»Ein ausgezeichneter Plan«, sagte Sebastian voller Anerkennung. »Verlass dich ganz auf mich. Ich werde hier das Ding schon schaukeln.«

Uli, der am liebsten mit Matthias zusammen gewesen wäre, trat an Martin heran. »Darf ich nicht mit euch kommen?«

»Nein«, entgegnete Martin.

»Aber Uli!«, rief Sebastian. »Du musst doch hierbleiben und beim Zurückweichen helfen. Das kannst du doch so gut!«

Uli traten Tränen in die Augen.

Matthias holte aus, als wolle er Sebastian totschlagen. »Ein andres Mal«, knurrte er dann. »Ich will jetzt nicht privat werden.«

Von drüben kamen die ersten Schneebälle angeflogen. Sebastian erteilte Befehle. Die Schlacht auf dem Bauplatz begann.

Der Nichtraucher sagte zu Uli: »Kopf hoch, Kleiner!« Den anderen nickte er zu. »Hals- und Beinbruch, ihr Lümmels. Ihr habt ja den Martin. Da braucht ihr mich nicht.«

»Eisern!«, brüllten sie. Dann ging er, freundlich und gedankenvoll, zwischen den sausenden Schneebällen nach Hause. In seinen Eisenbahnwagen.

Sebastian fegte von einer Gruppe zur andern. Die Gymnasiasten waren wegen des Wortbruchs total aus dem Häuschen und hätten die Realschüler am liebsten über den Haufen gerannt. Das Fässchen war besonders ungeduldig. »So gib schon endlich den Befehl zum …« Sturmangriff, wollte er rufen. Aber ein feindlicher Schneeball platzte ihm mitten in den Mund. Er machte ein verdutztes Gesicht. Die andern Quartaner lachten.

»Du hast zwar nicht kapiert, warum wir jetzt nicht gewinnen dürfen«, sagte Sebastian. »Aber gehorchen musst du trotzdem.« Dann sah er sich nach Uli um. Der fror an den Händen und hatte sie in die Hosentaschen gesteckt. Als er Sebastians Blick merkte, zog er die Finger rasch wieder heraus und beteiligte sich an dem Bombardement.

Inzwischen rannten Martin, Johnny und Matthias die Vorwerkstraße entlang, verschwanden in dem Eckhaus, liefen in den Hof, setzten über die Mauer und standen vor dem Hofeingang des Hauses, in dem Egerland wohnte.

»Dort ist die Kellertür«, flüsterte Martin. Matthias klinkte vorsichtig auf, und die drei stiegen unhörbar die glitschigen Stufen hinunter. Mitten in völliges Dunkel hinein. Es roch nach alten Kartoffeln.

Nun tasteten sie sich durch schmale, niedrige Gänge. Ein paarmal ging's um die Ecke. Da zupfte Johnny Martin am

Rockärmel. Sie blieben stehen und bemerkten einen Seitengang, der erhellt war. Sie schlichen langsam näher und hörten eine fremde Jungenstimme.

»Kurt«, sprach die Stimme, »es sind schon wieder zehn Minuten herum.«

»Na, da wollen wir mal weiterarbeiten«, meinte eine andere fremde Stimme. »Mir tun schon die Hände weh.« Und jetzt vernahm man, sechsmal hintereinander, lautes Klatschen. Dann war's wieder still wie im Grabe.

»Am meisten wundre ich mich, dass ihr euch nicht schämt«, sagte plötzlich ein Dritter.

»Das ist Kreuzkamm«, flüsterte Johnny. Und sie schlichen weiter, bis sie sahen, worum es sich handelte. Hinter einer angelehnten Lattentür standen zwei Realschüler, und auf einem alten, wackligen Küchenstuhl saß Rudi Kreuzkamm. Er war mit einer Wäscheleine umwickelt, konnte kein Glied rühren und hatte unnatürlich rote Backen. Auf einem Tisch brannten drei Kerzenstümpfe. Und in der hintersten Ecke, zwischen Holz, Briketts und Kohlen, lehnte ein Tannenbaum. Egerlands Vater hatte ihn vor zwei Tagen gekauft.

»Ich werde mich erkenntlich zeigen, sobald mich meine Freunde befreit haben«, sagte Kreuzkamm wütend.

»Bis dahin kannst du verschimmeln«, meinte der eine Realschüler.

»In spätestens einer Stunde werden sie herausgekriegt haben, wo ich bin«, entgegnete Kreuzkamm zuversichtlich.

»Da hast du also noch 'ne hübsche Portion Backpfeifen vor dir«, sagte der andre. »Alle zehn Minuten sechs Stück, das sind in einer Stunde sechsunddreißig.«

»Angewandte Mathematik!«, rief der Erste und lachte, dass das Kellergewölbe dröhnte. »Vielleicht kommen deine Leute auch früher, was?«

»Hoffentlich«, sagte Kreuzkamm.

»Da wollen wir dir doch vorsichtshalber gleich noch 'n halbes Dutzend ins Gesicht stecken. Gewissermaßen als Vorschuss. Kurtchen, mach dich nützlich!«

Der Realschüler, der Kurtchen hieß, trat dicht vor Kreuzkamms Stuhl, hob die linke Hand und schlug zu. Dann hob er die rechte Hand, schlug zu und sagte: »Das wären zwei.« Dann hob er wieder die linke Hand – aber da war auch schon Matthias neben ihm, und die dritte Ohrfeige kriegte Kurt selber.

Er flog krachend in Egerlands Christbaum, blieb in den Tannennadeln sitzen und hielt sich heulend die linke Gesichtshälfte. Martin hatte dem anderen Realschüler einen Doppelnelson angesetzt, dass dem Jungen Hören und Sehen verging. Und Johnny band den verschwollenen Kreuzkamm los.

»Schnell!«, rief Martin. »In zwei Minuten müssen wir wieder auf dem Bauplatz sein!«

Rudi Kreuzkamm reckte und dehnte sich. Ihm taten sämtliche Knochen weh. Die Backen waren so dick, als hätte er einen Kloß im Mund. »Seit halb zwei Uhr sitz ich auf diesem Stuhl«, sagte er und gab dem Stuhl einen Tritt. »Und jetzt ist's um vier. Und alle zehn Minuten sechs Ohrfeigen!«

»Das ist wahrhaftig kein Spaß«, stimmte Matthias zu und nahm die Wäscheleine.

Sie stellten die zwei Realisten Rücken an Rücken und fesselten sie sehr gewissenhaft. »So«, sagte Martin. »Nun gib den Flegeln rasch die Ohrfeigen zurück! Zweieinhalb Stunden sind hundertfünfzig Minuten. Wie viel Ohrfeigen macht das, Kurt?«

»Neunzig Stück«, antwortete Kurt weinend. »Fünfundvierzig Stück für jeden.«

»So viel Zeit gibt's ja gar nicht«, meinte Matthias. »Ich werde jedem eine einzige Ohrfeige versetzen. Das ist genauso gut, als ob sie von Rudi neunzig kriegten.« Da begann auch noch der andere Realschüler zu heulen.

»Rudi, wo sind übrigens die Diktathefte?«, fragte Martin.

Kreuzkamm deutete in einen Winkel.

»Ich seh sie nicht«, meinte Martin.

»Du musst viel gründlicher hinschauen!«, antwortete Kreuzkamm.

In dem Winkel lag ein Haufen Asche. Etwas verkohltes Papier und ein Zipfel von einem blauen Umschlag waren noch zu erkennen.

»Heiliger Bimbam!«, rief Matthias. »Das sollen unsre Diktathefte sein?«

Kreuzkamm nickte. »Sie haben sie vor meinen Augen verbrannt.«

»Da wird sich dein alter Herr aber freuen«, sagte Martin. Dann nahm er sein Taschentuch, schob die Asche hinein, verknotete das Tuch sorgfältig und steckte die verbrannten Diktathefte in die Hosentasche.

»Das kann ja niedlich werden«, meinte Johnny.

Matthias rieb sich vergnügt die Hände. »Ich stifte eine Urne für die Asche«, erklärte er. »Und wir beerdigen unsre Diktathefte beim Nichtraucher im Garten. Beileid dankend verbeten.«

Martin dachte nach und sagte: »Rudi, du rennst sofort nach Hause! Wenn dein Vater nach den Heften fragt, sagst du, sie wären in der Penne. Und ich würde sie ihm morgen früh in der ersten Stunde übergeben. Ja? Weiter erzählst du nichts. Wir verhauen nur noch schnell die Realschüler auf dem Bauplatz, und dann sausen wir heim. Der schöne Theodor wird uns wohl schon erwarten. Los!«

Sie verließen den Keller. Nur Matthias blieb zurück. Als die andern die Treppen hinaufstiegen, hörten sie zweimal hintereinander einen lauten Knall. Und dann heulten zwei Jungen wie die Schlosshunde.

Im Hof holte Matthias die drei ein. »So, das dürfte genügen«, meinte er. »Die sperren keinen Gymnasiasten wieder ein.«

Kreuzkamm verabschiedete sich an der Haustür. »Vielen Dank übrigens«, sagte er und gab ihnen die Hand. »Macht's gut!«

»Eisern!«, riefen sie und stürmten um die Ecke. Kreuzkamm befühlte sich vorsichtig seine Backen, schüttelte den Kopf und trabte nach Hause.

Vor dem Baugelände ließ Martin halten. »Johnny«, sagte er, »du rennst zu unseren Leuten und rufst dem Sebastian zu: ›Jetzt dürft ihr siegen!‹ Ist das klar? Ihr geht also sofort zum Angriff über. Sobald ihr im Handgemenge seid, fallen Matthias und ich dem Gesindel in den Rücken. Ab!«

Johnny lief, als gelte es das Leben.

Matz und Martin spähten durch einen Spalt des Bauzauns. Sebastian und die anderen hatten sich in die Ecke drängen lassen. Es hagelte Schneebälle. Die Realschüler schrien »Ahoi!« und fühlten sich bereits als Sieger.

»Kannst du Uli entdecken?«, fragte Matthias.

»Ich seh ihn nicht«, sagte Martin. »Achtung, Matz! Über den Zaun!« Sie kletterten hinüber und kamen auf die Sekunde zurecht. Sebastian machte seine Sache gut. Völlig überraschend stießen die Gymnasiasten vorwärts. Die Realschüler wichen vor dem Anprall zurück.

Matthias und Martin rannten über den Platz und schlugen auf die Rücken der weichenden Realschüler los. Manche blieben vor Schreck im Schnee liegen.

»Eisern!« So hallte es von allen Seiten. Wo Matz auftauchte, rissen die Feinde aus. Sie flohen einzeln. Sie flohen in Scharen.

Nur Egerland hielt stand. Er blutete; er zog ein finster entschlossenes Gesicht und sah aus wie ein verlassener, unglückseliger König. Das Fässchen rannte auf ihn los.

Aber Martin stellte sich vor den feindlichen Anführer und

rief: »Wir bewilligen ihm freien Abzug. Er allein war anständig und tapfer bis zuletzt.«

Egerland drehte sich um und verließ, geschlagen und einsam, das Schlachtfeld.

Dann kam Fridolin auf die Freunde los. »Ist Kreuzkamm befreit?«

Martin nickte.

»Und die Diktathefte?«, fragte das Fässchen neugierig.

»Die hab ich im Taschentuch«, sagte Martin und zeigte der ehrfurchtsvoll staunenden Menge die Überreste.

»Da staunt der Laie, und der Fachmann wundert sich«, bemerkte Sebastian.

»Wo ist denn Uli?«, fragte Matthias.

Das Fässchen zeigte mit dem Daumen nach hinten. Matthias rannte bis in die äußerste Ecke des Platzes. Dort saß Uli auf einer Planke und starrte in den Schnee.

»Was ist denn passiert, Kleiner?«, fragte Matthias.

»Nichts Besonderes«, antwortete Uli leise. »Ich bin wieder mal ausgerissen. Ausgerechnet der Wawerka kam auf mich los. Ich wollte ihm ganz bestimmt ein Bein stellen. Aber wie ich sein Gesicht sah, war's aus.«

»Ja, er hat eine abscheuliche Visage«, meinte Matthias. »Mir wär's auch fast schlecht geworden, als er auf mich losging.«

»Du willst mich trösten, Mätzchen«, sagte Uli. »Aber das geht so nicht weiter mit mir. Es muss bald etwas geschehen.«

»Na, nun komm«, meinte Matthias. »Die anderen rücken gerade ab.«

Und die beiden ungleichen Freunde liefen hinter den anderen her. Im Dauerlauf ging's zurück in die Schule. Dem schönen Theodor entgegen.

Die geschlagene Armee der Realschüler sammelte sich im Hof der Förstereistraße 17. Sie warteten auf Egerland.

Er trat ernst unter sie und sagte: »Lasst den Gefangenen frei!«

»Wir denken gar nicht dran«, rief Wawerka.

»Dann macht, was ihr wollt!«, sagte Egerland. »Und sucht euch einen anderen Anführer.« Er blickte keinen von ihnen an und ging ins Haus.

Die Übrigen stürmten johlend in den Keller. Sie wollten ihre Wut an dem Gefangenen auslassen.

Statt eines Gefangenen fanden sie deren zwei! Da zogen alle miteinander lange Gesichter und schämten sich, so gut es ging.

DAS FÜNFTE KAPITEL

enthält das Wiedersehen mit dem schönen Theodor; eine Debatte über die Hausordnung; ein unverhofftes Lob; eine angemessene Strafe; eine längere Erzählung des Hauslehrers und was die Jungen hinterher dazu sagten.

Es war schon spät am Nachmittag; kurz nach fünf Uhr. Es schneite nicht mehr. Aber schwere schwefelgelbe Wolken hingen am Himmel. Der Winterabend senkte sich auf die Stadt; es war einer der wenigen, einer der letzten Abende vor dem schönsten im Jahr, vor dem Heiligen Abend. Man konnte zu keinem der vielen Fenster in den vielen Häusern emporsehen, ohne daran zu denken, dass in ein paar Tagen die brennenden Kerzen der Christbäume auf die dunklen Straßen herabschimmern würden. Und dass man dann zu Haus wäre, bei den Eltern, unter dem eigenen Weihnachtsbaum.

Die erleuchteten Läden waren mit Tannenzweigen und Glasschmuck ausstaffiert. Die Erwachsenen liefen mit Paketen aus einem Geschäft ins andere und machten enorm geheimnisvolle Gesichter.

Die Luft duftete nach Lebkuchen, als ob die Straßen damit gepflastert wären.

Die fünf Jungen rannten keuchend bergan. »Ich krieg einen

Punchingball zu Weihnachten«, sagte Matthias. »Der Justus wird's bestimmt erlauben, dass ich ihn in der Turnhalle festmache. Mensch, das wird 'ne Sache!«

»Dein Auge ist noch kleiner geworden«, meinte Uli.

»Das macht nichts. Das gehört zum Beruf.«

Sie näherten sich der Schule. Man konnte sie schon sehen. Sie lag hoch über der Stadt. Und mit ihren erleuchteten Stockwerken glich sie einem riesigen Ozeandampfer, der nachts übers Meer fährt. Ganz oben im linken Turm glänzten zwei einsame Fenster. Dort wohnte Doktor Johann Bökh, der Hauslehrer.

»Haben wir eigentlich etwas im Rechnen auf?«, fragte Johnny Trotz.

»Ja«, sagte Martin. »Die angewandten Prozentaufgaben. Die sind aber kinderleicht. Ich mache sie nach dem Abendbrot.«

»Und ich schreib sie morgen früh von dir ab«, meinte Sebastian. »Es ist schade um die Zeit. Ich lese gerade ein Werk über die Vererbungslehre. Das ist viel interessanter.«

Die Jungen keuchten den Berg hinan. Der Schnee knirschte unter ihren Füßen.

Vor dem Tor der Schule schritt jemand auf und ab und rauchte eine Zigarette. Es war der schöne Theodor. »Da sind sie ja, die lieben Kinderchen«, sagte er hämisch. »Heimlich im Kino gewesen, was? Hoffentlich war's recht schön. Damit sich die Strafe lohnt.«

Doktor Bökh trat dicht vor die Angeklagten.

»Es war ein wunderbarer Film«, log Sebastian drauflos. »Der Hauptdarsteller sah Ihnen kolossal ähnlich. Er war nur nicht ganz so hübsch.«

Matthias lachte. Aber Martin sagte: »Lass gefälligst den Blödsinn, Sepp!«

»Natürlich, du bist auch wieder dabei!«, rief der schöne Theodor und tat, als ob er Martin erst jetzt bemerke. »Dass man einem solchen Flegel wie dir Stipendien gibt, werde ich wohl nie verstehen.«

»Verlieren Sie nur nicht den Mut«, meinte Johnny. »Sie sind ja noch jung.«

Der schöne Theodor sah aus, als wolle er Feuer speien. »Na, da kommt mal mit, ihr Früchtchen! Der Herr Doktor Bökh erwartet euch schon sehnlichst.«

Sie stiegen die Wendeltreppe im Turmflügel hinauf. Der Primaner kletterte wie ein Polizist hinterher, als habe er Angst, sie könnten wieder auskneifen.

Eine Minute später standen sie allesamt im Arbeitszimmer vorm Justus. »Hier sind die Ausreißer, Herr Doktor«, sagte der schöne Theodor. Seine Stimme klang honigsüß.

Bökh saß am Schreibtisch und betrachtete die fünf Tertianer. Keine Miene verriet, was er dachte. Die fünf sahen geradezu gemeingefährlich aus. Matthias hatte ein geschwollenes Auge. Sebastians Hose war überm Knie zerrissen. Ulis Gesicht und Hände sahen vom Frost blaurot aus. Martin hingen die Haare wirr ins Gesicht. Und Johnnys Oberlippe blutete. In einem der

Schneebälle, die ihn getroffen hatten, war ein Stein gewesen. Und der Schnee schmolz von den fünf Paar Stiefeln und bildete fünf kleine Pfützen.

Doktor Bökh erhob sich und trat dicht vor die Angeklagten. »Wie heißt der einschlägige Artikel der Hausordnung, Uli?«

»Den Schülern des Internats ist es verboten, das Schulgebäude außer während der Ausgehzeiten zu verlassen«, antwortete der Kleine ängstlich.

»Gibt es irgendwelche Ausnahmefälle?«, fragte Bökh. »Matthias!«

»Jawohl, Herr Doktor«, berichtete Matz. »Wenn ein Mitglied des Lehrkörpers das Verlassen der Schule anordnet oder gestattet.«

»Welcher der Herren hat euch in die Stadt beurlaubt?«, fragte der Hauslehrer.

»Keiner«, entgegnete Johnny.

»Auf wessen Erlaubnis hin seid ihr fortgegangen?«

»Wir sind ohne Erlaubnis abgehauen«, erklärte Matthias.

»So war es nicht«, sagte Martin. »Sondern ich habe den anderen befohlen, mir zu folgen. Ich allein bin dafür verantwortlich.«

»Deine Vorliebe, Verantwortung zu übernehmen, ist mir hinreichend bekannt, lieber Martin«, meinte Doktor Bökh streng. »Du solltest dieses Recht nicht missbrauchen!«

»Er hat es nicht missbraucht«, rief Sebastian. »Wir mussten in die Stadt. Es war außerordentlich dringend.«

»Warum habt ihr mich, die zuständige Instanz, nicht um Erlaubnis gefragt?«

»Sie hätten, der Hausordnung wegen, die Erlaubnis verweigert«, sagte Martin. »Und dann hätten wir trotzdem in die Stadt rennen müssen! Das wäre noch viel unangenehmer gewesen!«

»Wie? Ihr hättet meinem strikten Verbot zuwidergehandelt?«, fragte der Justus.

»Jawohl!«, antworteten alle fünf.

»Leider«, fügte Uli kleinlaut hinzu.

»Das ist ja einfach bodenlos, Herr Doktor!«, meinte der schöne Theodor und schüttelte das Haupt.

»Es ist mir nicht bewusst, dass ich Sie nach Ihrer originellen Ansicht gefragt hätte«, sagte Doktor Bökh. Und der schöne Theodor wurde puterrot. »Warum musstet ihr in die Stadt hinunter?«, fragte der Lehrer.

»Wieder einmal wegen der Realschüler«, berichtete Martin. »Sie hatten einen unserer Externen überfallen. Dieser Externe und die Diktathefte, die Herrn Professor Kreuzkamm zur Korrektur gebracht werden sollten, waren verschwunden. Ein anderer Externer meldete uns das. Und da war es doch ganz klar, dass wir hinuntermussten, um den Gefangenen zu befreien.«

»Habt ihr ihn befreit?«, fragte der Lehrer.

»Jawohl«, riefen vier von ihnen. Uli schwieg. Er hielt sich für unwürdig, die Frage zu bejahen.

Doktor Bökh musterte Johnnys gespaltene Oberlippe und

das verschwollene Auge von Matthias. »Wurde irgendwer verletzt?«, fragte er dann.

»Kein Gedanke«, sagte Matthias. »Niemand.«

»Nur die Diktathefte …«, meinte Sebastian.

Martin blickte ihn so wütend an, dass er abbrach.

»Was ist mit den Heften los?«, fragte der Justus.

»Sie wurden in einem Keller, vor den Augen des gefesselten Gefangenen, verbrannt«, sagte Martin. »Wir fanden nur noch die Asche vor.«

»Martin hat die Asche in seinem Taschentuch«, erklärte Matthias fröhlich. »Und ich werde die Urne dafür stiften.«

Doktor Bökh verzog unmerklich das Gesicht. Eine Zehntelsekunde lächelte er. Dann war er wieder ernst. »Und was soll nun werden?«, fragte er.

»Ich lege morgen früh eine Liste an«, sagte Martin. »Und jeder Klassenkamerad nennt mir die Zensuren, die er in den Diktaten seit Michaelis gehabt hat. Ich trage sämtliche Zensuren ein und überreiche Herrn Professor Kreuzkamm zum Unterrichtsbeginn die vollständige Liste. Und das letzte, noch nicht korrigierte Diktat müssen wir eben noch mal machen.«

»Teufel, Teufel!«, flüsterte Matthias und schüttelte sich.

»Ich weiß nicht, ob sich Professor Kreuzkamm damit zufriedengeben wird«, sagte Justus. »Alle Zensuren werdet ihr wohl auch nicht auswendig wissen. Trotzdem muss ich euch mitteilen, dass ich euer Verhalten billige. Ihr habt euch einfach tadellos benommen, ihr Bengels.«

Die fünf Jungen strahlten wie fünf kleine Vollmonde. Der schöne Theodor versuchte zu lächeln. Aber der Versuch misslang.

»Gesetzwidrig bleibt es immerhin«, sagte Bökh, »dass ihr die Schule unerlaubt verlassen habt. Setzt euch aufs Sofa! Ihr seid müde. Wir wollen überlegen, was sich tun lässt.«

Die fünf Jungen setzten sich aufs Sofa und blickten ihren Justus vertrauensvoll an. Der Primaner blieb stehen. Am liebsten wäre er fortgelaufen. Doktor Bökh ging im Zimmer auf und ab und meinte schließlich: »Man könnte den Vorfall ganz sachlich beurteilen und nichts weiter tun als feststellen, dass ihr ohne Erlaubnis fort wart. Welches Strafmaß ist hierfür üblich, Sebastian?«

»Ausgangsentziehung für vierzehn Tage«, antwortete der Junge.

»Man könnte aber auch die Begleitumstände berücksichtigen«, fuhr der Justus fort. »Und wenn man das tut, so steht zunächst einmal außer Frage, dass ihr, als zuverlässige Kameraden, koste es, was es wolle, in die Stadt musstet. Euer Vergehen bestünde dann nur darin, dass ihr die Erlaubnis einzuholen vergaßt.«

Er trat ans Fenster und blickte durch die Scheiben. Mit abgewandtem Gesicht sagte er: »Warum habt ihr mich denn nicht gefragt? Habt ihr so wenig Vertrauen zu mir?« Er drehte sich um. »Dann verdiente ich ja selber die Strafe! Denn dann wäre ich an eurem Fehler schuld!«

»Nicht doch, lieber Herr Justus!«, rief Matthias außer sich, verbesserte sich rasch und meinte verlegen: »Nicht doch, lieber Herr Doktor. Sie wissen doch hoffentlich, wie sehr wir Sie ...« Er brachte es aber nicht heraus. Er schämte sich, zu bekennen, wie sehr sie den Mann am Fenster liebten.

Martin sagte: »Ich habe mir, bevor wir losgingen, einen Augenblick lang überlegt, ob wir Sie erst fragen sollten. Aber ich hatte das Gefühl, es sei verkehrt. Nicht wegen des Vertrauens, Herr Doktor. Ich weiß selber nicht genau, warum ich's unterließ.«

Das war wieder einmal etwas für den neunmalklugen Sebastian. »Die Sache ist doch ganz logisch«, erläuterte er. »Es gab nur zwei Möglichkeiten. Entweder konnten Sie unsere Bitte abschlagen; dann hätten wir Ihrem Verbot zuwiderhandeln müssen. Oder Sie konnten uns wirklich fortlassen; und wenn dann jemandem etwas zugestoßen wäre, hätte man Sie dafür verantwortlich gemacht. Und die anderen Lehrer und die Eltern hätten auf Ihnen herumgehackt!«

»So ähnlich«, sagte Martin.

»Ihr seid ja geradezu verantwortungssüchtig!«, entgegnete der Lehrer. »Ihr habt mich also nur nicht gefragt, um mir Unannehmlichkeiten zu ersparen? Na schön. Ihr sollt die heißersehnte Strafe kriegen. Ich entziehe euch hiermit den ersten Ausgehnachmittag nach den Ferien. Damit ist der Hausordnung Genüge getan. Oder?« Bökh blickte den Primaner fragend an.

»Selbstverständlich, Herr Doktor«, beeilte sich der schöne Theodor zu erklären.

»Und an diesem der Strafe gewidmeten Nachmittag seid ihr fünf hier oben im Turm meine Gäste. Da machen wir einen Kaffeeklatsch. Das steht zwar nicht in der Hausordnung. Aber ich glaube nicht, dass dagegen etwas einzuwenden ist. Oder?« Wieder blickte er den Primaner an.

»Keineswegs, Herr Doktor«, flötete der schöne Theodor. Am liebsten wäre er zersprungen.

»Nehmt ihr die Strafe an?«, fragte Bökh.

Die Jungen nickten fröhlich und stießen einander die Ellbogen in die Rippen.

»Großartig«, rief Matthias. »Gibt's Kuchen?«

»Wir wollen's stark hoffen«, meinte der Justus. »Und ehe ich euch jetzt hinauswerfe, will ich euch eine kleine Geschichte erzählen. Denn ich habe ja doch das leise Gefühl, dass euer Vertrauen zu mir noch nicht so groß ist, wie es für euch gut wäre und wie ich's mir wünsche.«

Der schöne Theodor machte kehrt und wollte auf den Zehenspitzen verschwinden.

»Nein, nein, bleiben Sie nur hier!«, rief Bökh. Dann setzte er sich hinter den Schreibtisch und drehte den Stuhl so, dass er durchs Fenster blicken konnte. Hinaus in den Winterabend.

»Das ist ungefähr zwanzig Jahre her«, erzählte er. »Damals gab es hier in diesem Haus auch schon solche Jungen, wie ihr welche seid. Und auch schon sehr strenge Primaner. Und auch schon einen Hauslehrer. Und der wohnte in genau demselben Zimmer, in dem wir jetzt sitzen ... Von einem der kleinen Tertianer, die vor zwanzig Jahren in euren eisernen Bettstellen schliefen und auf euren Plätzen im Klassenzimmer und im Speisesaal saßen, handelt die Geschichte. Es war ein braver, fleißiger Junge. Er konnte sich über Ungerechtigkeiten empören wie der Martin Thaler. Er prügelte sich herum, wenn es sein musste, wie der Matthias Selbmann. Er saß mitunter nachts auf dem Fensterbrett im Schlafsaal und hatte Heimweh wie der Uli von Simmern. Er las furchtbar gescheite Bücher wie der Sebastian Frank. Und er verkroch sich manchmal im Park wie der Jonathan Trotz.«

Die Jungen saßen schweigend nebeneinander auf dem Sofa und lauschten andächtig.

Doktor Bökh fuhr fort: »Da wurde eines Tages die Mutter dieses Jungen sehr krank. Und man brachte sie, weil sie sonst bestimmt gestorben wäre, von dem kleinen Heimatort nach Kirchberg ins Krankenhaus. Ihr wisst ja, wo es liegt. Drüben, am anderen Ende der Stadt. Der große rote Ziegelbau. Mit den Isolierbaracken hinten im Garten.

Der kleine Junge war damals sehr aufgeregt. Er hatte keine ruhige Minute. Und da rannte er eines Tages, weil es seiner Mutter sehr schlecht ging, einfach aus der Schule fort, quer durch die Stadt ins Krankenhaus, saß dort am Bett der Kranken und hielt ihre heißen Hände. Dann sagte er ihr, er komme morgen wieder – denn am nächsten Tag hatte er Ausgang –, und rannte den weiten Weg zurück.

Am Schultor wartete schon ein Primaner auf ihn. Es war einer von denen, die noch nicht reif genug sind, die Macht, die ihnen übertragen wurde, vernünftig und großmütig auszuüben. Er fragte den Jungen, wo er gewesen sei. Der Junge hätte sich eher die Zunge abgebissen als diesem Menschen erzählt, dass er von seiner kranken Mutter kam. Der Primaner entzog ihm zur Strafe die Ausgeherlaubnis für den nächsten Tag.

Am nächsten Tag lief der Junge trotzdem davon. Denn die Mutter wartete ja auf ihn! Er rannte quer durch die Stadt. Er saß eine Stunde lang an ihrem Bett. Es ging ihr noch schlechter als am Tage vorher. Und sie bat ihn, morgen wieder zu kommen. Er versprach es ihr und lief in die Schule zurück.

Der Primaner hatte bereits dem Hauslehrer gemeldet, dass der Junge wieder fortgelaufen war, obwohl man ihm das Ausgehen verboten hatte. Der Junge musste zum Hauslehrer hinauf. In dieses Turmzimmer hier. Und er stand, damals vor zwanzig Jahren, genau dort, wo ihr vorhin standet. Der Hauslehrer war ein strenger Mann. Auch er war keiner von denen, denen sich der Junge hätte anvertrauen können! Er schwieg. Und so wurde ihm angekündigt, dass er die Schule vier Wochen lang nicht verlassen dürfe.

Aber am nächsten Tag war er wieder fort. Da brachte man ihn, als er zurückkam, zum Direktor des Gymnasiums. Und der bestrafte ihn mit zwei Stunden Karzer. Als sich nun der

Direktor am nächsten Tage vom Hausmeister den Karzer auf-
schließen ließ, um den Jungen zu besuchen und ins Gebet zu
nehmen, saß ein ganz anderer Junge im Karzer! Das war der
Freund des Ausreißers, und er hatte sich einsperren lassen, damit der andere wieder zu seiner Mutter konnte.

Ja«, sagte Doktor Bökh, »das waren zwei Freunde! Sie blieben auch später beieinander. Sie studierten zusammen. Sie
wohnten zusammen. Sie trennten sich auch nicht, als der eine
von ihnen heiratete. Dann aber bekam die Frau ein Kind. Und
das Kind starb. Und die Frau starb. Und am Tage nach dem
Begräbnis war der Mann verschwunden. Und sein Freund,
dessen Geschichte ich euch hier erzähle, hat nie wieder etwas
von ihm gehört.« Doktor Bökh stützte den Kopf in die Hand
und hatte sehr, sehr traurige Augen.

»Der Direktor«, fuhr er schließlich fort, »war damals außer
sich, als er im Karzer stand und den Betrug merkte. Da berichtete ihm der Junge, warum der andere immer fortgelaufen sei,
und es nahm doch noch ein gutes Ende. Der Junge aber, dessen
Mutter im Krankenhaus gelegen hatte, nahm sich damals vor,
dass er in dieser Schule, in der er als Kind gelitten hatte, weil er
keinem voll vertrauen konnte, später einmal selber Hauslehrer
werden wollte. Damit die Jungen einen Menschen hätten, dem
sie alles sagen könnten, was ihr Herz bedrückte.«

Der Justus stand auf. Sein Gesicht war freundlich und ernst
zugleich. Er sah die fünf Knaben lange an. »Und wisst ihr auch,
wie dieser Junge hieß?«

»Jawohl«, sagte Martin leise. »Er hieß Johann Bökh.«

Der Justus nickte. »Und nun macht, dass ihr rauskommt, ihr Banditen!«

Da standen sie auf, machten eine feierliche Verbeugung und verließen leise das Zimmer. Der schöne Theodor ging gesenkten Kopfes an ihnen vorüber.

Auf der Treppe sagte Matthias: »Für diesen Mann da oben lass ich mich, wenn's sein muss, aufhängen.«

Uli sah aus, als ob er nach innen geweint hätte, und meinte: »Ich auch.«

Johnny blieb, bevor sie in die verschiedenen Wohnzimmer gingen, auf dem Korridor stehen. »Wisst ihr auch«, fragte er, »wer der Freund ist, der für ihn im Karzer saß und der am Tage nach dem Begräbnis spurlos verschwunden ist?«

»Keine Ahnung«, sagte Matthias. »Woher sollen wir das denn wissen?«

»Doch«, meinte Johnny Trotz. »Wir kennen ihn alle. Er wohnt nicht weit von hier, und er ist heute zusammengezuckt, als er den Namen Bökh hörte.«

»Du hast recht«, sagte Martin. »Du hast bestimmt recht, Johnny! Wir kennen seinen verlorenen Freund!«

»Nun redet schon endlich«, rief Matthias ungeduldig.

Und Johnny sagte: »Es ist der Nichtraucher.«

DAS SECHSTE KAPITEL

enthält ein Gemälde mit einer sechsspännigen Kutsche; viel Freude über
einen alten Witz; den Vornamen Balduin; eine nasse Überraschung;
einen Gespensterzug; ein Tier, das Juckpulver streut; Johnny auf dem
Fensterbrett und seine Pläne für die Zukunft.

Nach dem Abendbrot stiegen sie wieder in ihre Arbeitszimmer
hinauf. Martin erledigte die Rechenaufgaben für den nächsten Tag und legte jene Liste an, in der er die verbrannten Diktatzensuren eintragen wollte. Matthias, den er fragte, konnte
sich nicht besinnen. »Schreibe bei mir für jedes Diktat 'ne
Vier hin«, schlug er schließlich vor. »Ich glaube, da komm ich
immer noch ganz gut weg.« Dann holte Matthias beim Hausmeister Hammer und Nägel und befestigte mit großem Getöse
Tannenreisig an den Wänden. Bis die Bewohner der Nachbar-
zimmer Eilboten herüberschickten und anfragten, ob man
übergeschnappt sei.

Der schöne Theodor, der Stubenälteste des Zimmers Nummer 9, war nicht wiederzuerkennen. Als ihn Martin fragte, ob
er wegen der Zensurensammlung in die anderen Zimmer gehen dürfe, sagte der Primaner: »Selbstverständlich, mein Junge.
Aber bleibe nicht allzu lange fort.«

Matthias starrte Martin fassungslos an. Den anderen Insassen des Zimmers, die nicht wissen konnten, was sich beim Justus abgespielt hatte, blieb überhaupt der Mund offen stehen. Und dem zweiten Primaner, der im Zimmer saß, ging vor Schreck die Zigarre aus. »Was ist denn mit dir los, Theo?«, fragte er. »Bist du krank?«

Martin war die Szene unangenehm, und er lief rasch aus dem Zimmer. Nachdem er bei allen andern internen Tertianern gewesen war und deren Zensuren in der Liste eingetragen hatte, ging er zu Johnny Trotz. Dessen Stubenältester war ein netter Kerl. »Na, Martin, schon wieder auf dem Kriegspfade?«, fragte er.

»Nein«, antwortete der Junge. »Diesmal nicht. Johnny und ich wollen eine Weihnachtsüberraschung besprechen.« Und dann flüsterten die beiden miteinander und einigten sich dahin, dass sie den Justus am nächsten Tag nach dem Mittagessen in den Schrebergarten verschleppen wollten.

»Hoffentlich irren wir uns nicht«, meinte Martin. »Sonst wird es eine grässliche Geschichte. Stelle dir vor, der Nichtraucher und der Justus erklären plötzlich, dass sie einander überhaupt nicht kennten!«

»Das ist ganz ausgeschlossen«, sagte Johnny entschieden. »In solchen Sachen irre ich mich nie. Verlasse dich da völlig auf mich!« Er dachte nach. »Du darfst auch das Folgende nicht vergessen: Der Nichtraucher ist doch bestimmt nicht zufällig mit seinem Eisenbahnwagen neben unsere Penne gezogen! Er wollte zwar einsam leben und verließ vor Jahren seine Umgebung, ohne eine Spur zu hinterlassen. Aber er konnte sich doch nicht völlig von der Vergangenheit losreißen. Und wenn er sich mit uns unterhält, denkt er an seine eigene Kindheit. Ich verstehe das alles so gut, Martin! Es ist, als ob ich's selber erlebt hätte.«

»Wahrscheinlich hast du recht«, meinte Martin. »Menschenskind, werden sich die zwei freuen! Was?«

Johnny nickte begeistert. »Sobald wir merken, dass wir recht haben«, sagte er, »machen wir uns möglichst unauffällig schwach.«

»Eisern!«, murmelte Martin. Dann kehrte er ins Zimmer Nummer 9 zurück. Er holte ein Bild aus dem Pult, das er für seine Eltern gemalt hatte. Es war noch nicht ganz fertig, und er malte weiter. Er wollte es zu Haus unter den Christbaum legen. Morgen, spätestens übermorgen, musste das Reisegeld eintreffen, das ihm die Mutter schicken würde.

Das Bild war ziemlich merkwürdig. Man sah einen grünen See darauf und hohe schneebedeckte Berge. An den Ufern des Sees standen Palmen und Orangenbäume mit großen Apfelsinen in den Zweigen. Auf dem See schwammen vergoldete Gondeln und Boote mit rostroten Segeln. Auf der Uferstraße fuhr eine blaue Kutsche. Diese blaue Kutsche wurde von sechs Apfelschimmeln gezogen. In der Kutsche saßen Martins Eltern in ihren Sonntagskleidern. Und auf dem Kutschbock saß Martin selber. Er war aber älter als jetzt und hatte einen feschen dunkelblonden Schnurrbart. Neben der Kutsche standen Leute in bunten, südlichen Gewändern und winkten. Martins Eltern nickten freundlich nach allen Seiten, und Martin senkte zum Gruß die geflochtene Peitsche.

Das Bild hieß:»In zehn Jahren«. Und der Junge meinte damit wohl: In zehn Jahren werde er so viel Geld verdienen, dass die Eltern dann, von ihm geführt, Reisen in ferne, seltsame Länder machen könnten.

Matthias betrachtete das Gemälde, kniff die Augen halb zu und sagte:»Teufel, Teufel! Du wirst bestimmt mal so 'ne Nummer wie der Tizian oder der Rembrandt. Ich freue mich jetzt schon drauf, wenn ich später mal sagen kann: ›Ja, der Martin Thaler, der war früher mein Primus. Und ein ganz verfluchter Kerl war er außerdem. Wir haben manches miteinander ausgefressen.‹« Bei dem Wort »ausgefressen« fiel ihm ein, dass er wieder Hunger hatte, und er setzte sich rasch an sein Pult, in dem immer irgendwelche Nahrungsmittel lagerten. Auf der Innenseite des Pultdeckels waren die Fotografien sämtlicher Boxweltmeister festgezweckt.

Sogar der schöne Theodor ließ sich Martins Bild zeigen und fand, es sei eine ausgesprochene Talentprobe.

Es war ein sehr gemütlicher Abend. Die Sextaner und Quintaner steckten die Köpfe zusammen und gestanden einander, was für Wunschzettel sie heimgeschickt hätten. Und dann begann der Obersekundaner Fritsche eine Geschichte zu erzählen, die vormittags im Unterricht passiert war. Schließlich hörten alle Zimmerbewohner zu.

»Jedes Jahr macht der Grünkern regelmäßig ein und denselben Witz«, berichtete Fritsche. »Dieser Witz ist immer fällig, wenn er in der Sekunda auf die Beschaffenheit des Mondes zu sprechen kommt. Alljährlich, und zwar seit mehr als zwanzig Jahren, sagt er zu Beginn seiner Stunde: ›Wir wollen vom Monde sprechen – sehen Sie mich an!‹«

»Wieso ist denn das ein Witz?«, fragte der Quintaner Petermann. Aber die anderen lachten: »Pst!« Und so schwieg er.

Der schöne Theodor sagte: »Bei uns hat kein Aas mehr darüber gelacht.«

In diesem Augenblick lachte der Quintaner Petermann laut. Er hatte den Witz kapiert.

»Na, ist der Groschen gefallen?«, fragte Matthias.

Fritsche sagte: »Wir haben es besonders raffiniert gemacht. Wir wussten, dass der Witz heute fällig war, und hatten alles genau verabredet. Als der Direx seinen berühmten Satz heraushatte, lachte die hinterste Reihe in der Klasse. Da freute er sich natürlich. Und dann wollte er zu reden fortfahren. Da lachte aber die zweite Reihe. Und so freute sich der Grünkern gleich noch einmal.

Doch gerade als er weitersprechen wollte, lachte die dritte Reihe. Da verzog er nur das Gesicht. Und dann lachte die vierte Reihe. Da wurde er gelbgrün. Und in diesem Moment lachte die vorderste Reihe. Da war er vollkommen erledigt. Er hing nur noch im Anzug. ›Gefällt Ihnen der Witz nicht, meine Herren?‹, fragte er. Da stand der Mühlberg auf und sagte: ›Der

Witz ist ja gar nicht so übel, Herr Oberstudiendirektor. Aber mein Vater hat mir erzählt, dass der Witz, als mein Vater in die Sekunda ging, schon so alt war, dass er hätte pensioniert werden müssen. Wie wär's denn, wenn Sie sich einmal was Neues einfallen ließen?‹ Da antwortete der Grünkern nach einer langen Pause: ›Vielleicht haben Sie recht.‹ Und dann rannte er mitten in der Stunde aus dem Klassenzimmer hinaus und ließ uns allein. Er sah aus, als ob er zu seinem eigenen Begräbnis zu Fuß ginge.«

Fritsche lachte, und ein paar andere lachten mit. Doch die meisten schienen mit den Sekundanern nicht ganz einverstanden zu sein. »Ich weiß nicht recht«, sagte einer, »aber ihr hättet den alten Mann nicht so ärgern sollen.«

»Warum denn nicht?«, rief Fritsche. »Ein Pauker hat die verdammte Pflicht und Schuldigkeit, sich wandlungsfähig zu erhalten. Sonst könnten die Schüler ja früh im Bette liegen bleiben und den Unterricht auf Grammofonplatten abschnurren lassen. Nein, nein, wir brauchen Menschen als Lehrer und keine zweibeinigen Konservenbüchsen! Wir brauchen Lehrer, die sich entwickeln müssen, wenn sie uns entwickeln wollen.«

Da ging die Tür auf. Oberstudiendirektor Professor Doktor Grünkern trat ins Zimmer Nummer 9. Die Schüler sprangen von ihren Stühlen hoch.

»Bleibt nur sitzen und arbeitet weiter«, sagte der Direx. »Ist alles in Ordnung?«

»Jawohl«, meldete der schöne Theodor. »Es ist alles in Ordnung, Herr Direktor.«

»Das ist ja die Hauptsache«, sagte der alte Mann, nickte müde und ging ins nächste Zimmer.

»Ob er, bevor er hereinkam, an der Tür gehorcht hat?«, fragte ein Quintaner neugierig.

»Da kann ich ihm auch nicht helfen«, meinte Fritsche unbarmherzig. »Wenn er, als er noch jung war, Beamter werden wollte, hätte er nicht Lehrer werden dürfen.«

Matthias beugte sich zu seinem Nachbarn, einem rothaarigen Sextaner. »Weißt du übrigens, wie der Grünkern mit Vornamen heißt?« Der Kleine wusste es noch nicht. Matthias sagte: »Balduin heißt er. Balduin Grünkern! Er schreibt immer nur ein B und macht einen Punkt dahinter. Wahrscheinlich geniert er sich.«

»Lasst den alten Mann in Frieden!«, meinte der schöne Theodor. »Wir brauchen ihn als Kontrast. Wenn wir ihn nicht hätten, wüssten wir gar nicht, was wir am Doktor Bökh besitzen.«

Der andere Primaner bekam Stielaugen. »Theo«, sagte er, »nun steht's aber endgültig fest: Du hast dir am Gehirn 'ne Blase gelaufen.«

Nach der Abendandacht rannten sie über die große Freitreppe in die Schrankzimmer hinunter, hängten ihre Anzüge weg und sausten in den langen Nachthemden wieder treppauf. Erst in die Waschräume. Dann in die Schlafsäle.

Die Primaner durften länger aufbleiben. Nur die Primaner, die Schlafsaalinspektoren waren, mussten oben sein und aufpassen, dass sich die Jungen gründlich wuschen, dass sie die Zähne putzten und eilends ins Bett kletterten.

Das Zubettgehen war eine schwierige Prozedur. Man musste sich im Bett aufstellen und die riesige Bettdecke rund um den Körper wickeln; dann erst ließ man sich, wie vom Blitz getroffen, auf die Matratze fallen, dass das eiserne Bettgestell nur so klapperte.

Im Schlafsaal II gab's einen Zwischenfall. Irgendein Witzbold hatte dem Matthias ein volles Waschbecken unter das Betttuch gestellt. Und als sich Matthias, von den Abenteuern des Tages ermüdet, wie ein Klotz ins Bett plumpsen ließ, fiel er ins Nasse. Fluchend und mit den Zähnen klappernd, sprang er aus dem Bett und zerrte die Waschschüssel unter der Decke hervor. »Wer war das?«, schrie er wild. »So eine Gemeinheit! Der Schuft soll sich melden! Ich bring ihn um! Ich füttere die Vögel mit seinem Leichnam!«

Die anderen lachten. Uli kam besorgt im Nachthemd angewandelt und brachte sein Kopfkissen.

»Feiges Gesindel!«, brüllte Matthias.

»Geh ins Bett!«, rief einer. »Sonst erkältest du dir deine vier Buchstaben.«

»Ruhe!«, schrie ein anderer. »Der Justus kommt!«

Uli und Matthias sprangen in ihre Betten. Als Doktor Bökh eintrat, war es mäuschenstill im weiten Saal. Die Jungen lagen wie reihenweise geschichtete Engel da und kniffen die Augen zu. Der Justus ging an den Betten entlang. »Nanu«, sagte er laut. »Da stimmt doch was nicht! Wenn Jungens so ruhig sind, hat's vorher bestimmt Krach gegeben. Martin, raus mit der Sprache!«

Martin schlug die Augen auf und meinte: »Es war nichts Besonderes, Herr Doktor. Nur ein bisschen Ulk.«

»Weiter nichts?«

»Nein.«

Bökh ging zur Tür. »Gute Nacht, ihr Lümmels!«

»Gute Nacht, Herr Doktor!«, schrien alle. Und dann lagen sie wirklich ruhig und zufrieden in ihren Betten. Matthias gähnte wie ein Löwe, stopfte Ulis Kopfkissen zwischen sich und das nasse Betttuch und schlief augenblicklich ein. Und kurz darauf schliefen auch die anderen.

Nur Uli lag noch wach. Erstens fehlte ihm sein Kopfkissen. Und zweitens überlegte er sich wieder, wie er endlich einmal Mut beweisen könnte. Dann hörte er den Zapfenstreich blasen, mit dem der Trompeter drüben in der Kaserne den Soldaten, die heimkehrten, mitteilte, dass sie sich beeilen müssten. Uli dachte jetzt an seine Eltern und an seine Geschwister und daran, dass er in drei Tagen zu Hause wäre – und darüber schlief er lächelnd ein.

Eine Stunde später fuhren die Schläfer erschrocken hoch. Aus dem Schlafsaal I drang satanischer Lärm. Plötzlich sprang die

Tür des Schlafsaals II, von Geisterhand bewegt, auf. Und der Lärm wurde immer unerträglicher. Ein paar der ganz kleinen Jungen steckten die Köpfe unter die Bettdecke oder hielten sich die Ohren zu.

Und plötzlich marschierten weiße Hexen und Gespenster in den dunklen Saal. Manche hielten flackernde Kerzen. Andere schlugen blecherne Topfdeckel aneinander. Wieder andere brüllten wie hungrige Ochsen. Ganz zuletzt kam ein riesiges weißes Ungeheuer angewackelt, zerrte manchen Jungen die Bettdecke weg und schüttete aus einer großen Tüte ein geheimnisvolles Pulver in die Betten. Ein paar Sextaner weinten vor Angst.

»Heule doch nicht!«, sagte Uli zu seinem Nachbarn. »Das sind doch bloß die Primaner. Die machen ein paar Tage vor Weihnachten stets so einen Umzug. Du musst nur Obacht geben, dass sie dir kein Juckpulver ins Bett streuen.«

»Ich fürchte mich so«, flüsterte der Sextaner schluchzend. »Was für ein großes Vieh ist das denn, das zuletzt marschiert?«

»Das sind drei Primaner. Sie haben mehrere Betttücher zusammengenäht, und darunter stecken sie nun.«

»Ich fürchte mich aber trotzdem«, sagte der Kleine.

»Man gewöhnt sich dran«, tröstete Uli. »Das erste Jahr hab ich auch geweint.«

»Ja?«

»Ja«, sagte Uli.

Der gespenstische Maskenzug verschwand durch die Hin-

Plötzlich marschierten weiße Hexen und Gespenster
in den dunklen Saal.

tertür. Es wurde langsam wieder ruhiger. Nur diejenigen, die in der vordersten Bettreihe lagen, kratzten sich und schimpften noch eine Weile in die Kopfkissen. Das Juckpulver tat seine Wirkung. Aber schließlich besänftigten sich auch sie.

Matthias war überhaupt nicht aufgewacht. Wenn er erst einmal die Augen zugemacht hatte, konnte man Kanonen neben ihm abschießen, ohne dass er aufwachte.

Endlich schliefen sie alle bis auf einen. Der eine war Johnny Trotz. Er stand auf und schlich zu einem der großen Fenster. Er schwang sich auf das breite Fensterbrett, zog die Füße hoch, steckte sie unters Nachthemd und blickte auf die Stadt hinunter. In vielen Fenstern war noch Licht, und über der Innenstadt, in der die Kinos und Tanzlokale lagen, kochte der Himmel. Es schneite wieder.

Johnny blickte forschend in die Stadt hinunter. Er dachte: ›Unter jedem Dach leben Menschen. Und wie viele Dächer gibt's in einer Stadt! Und wie viele Städte gibt's in unserm Land! Und wie viele Länder gibt's auf unserm Planeten! Und wie viele Sterne gibt's in der Welt! Das Glück ist bis ins Unendliche verteilt. Und das Unglück auch … Ich werde später bestimmt einmal auf dem Lande leben. In einem kleinen Haus mit einem großen Garten. Und fünf Kinder werde ich haben. Aber ich werde sie nicht übers Meer schicken, um sie loszuwerden. Ich werde nicht so böse sein, wie mein Vater zu mir war. Und meine Frau wird besser sein als meine Mutter. Wo mag sie jetzt sein, meine Mutter? Ob sie noch lebt?

Vielleicht zieht Martin zu mir ins Haus. Er wird Bilder malen. Und ich werde Bücher schreiben. Das wäre ja gelacht‹,
dachte Jonathan Trotz, ›wenn das Leben nicht schön wäre!‹

DAS SIEBENTE KAPITEL

enthält eine Beschreibung Professor Kreuzkamms; ein haarsträubendes
Ereignis; den Satz, den die Jungen fünfmal aufschreiben müssen;
eine geheimnisvolle Ankündigung in der Pause; einen Spaziergang
mit Doktor Bökh; das Wiedersehen im Schrebergarten und einen
Händedruck am Zaun.

Am nächsten Morgen, kurz vor dem Beginn des Unterrichts,
trat Martin aus dem Klassenzimmer auf den Korridor hinaus.
Er hatte die Liste mit den Diktatzensuren in der Hand und
wollte dem Deutschlehrer, Professor Kreuzkamm, noch bevor
dieser ins Klassenzimmer kam, über den gestrigen Unglücks-
fall Bericht erstatten. Rudi Kreuzkamm, der Sohn des Lehrers,
hatte gerade erzählt, der Vater habe noch keine Ahnung.

Der Korridor war leer. Aber der Lärm, der in den vielen
Klassenzimmern herrschte, drang in den Flur hinaus und erfüllte ihn mit gedämpftem Summen und Brummen. Es klang
nach eingesperrten Fliegen.

Dann kamen die Lehrer aus dem ersten Stock herunter. Sie
waren guter Laune und lachten laut. Jeder ging in eines der
Klassenzimmer hinein, und das Summen und Brummen im
Korridor wurde leiser und leiser. – Professor Kreuzkamm

erschien als Letzter. Er ging steif wie stets, als habe er einen Spazierstock verschluckt. Doktor Bökh ging neben ihm und erzählte etwas Interessantes. Der Professor hörte aufmerksam zu und sah noch strenger als sonst aus.

Dieser Herr Kreuzkamm war ein seltsamer Mann. Sie hatten immer ein bisschen Angst vor ihm. Er konnte nämlich nicht lachen. Es ist allerdings ebenso gut möglich, dass er nur nicht lachen wollte! Rudi, der Sohn, hatte den Mitschülern jedenfalls erzählt, dass sein Vater auch zu Hause keine Miene verziehe.

Daran hätte man sich mit der Zeit gewöhnen können. Die Angelegenheit wurde aber dadurch noch erschwert, dass er, obwohl er selber nie lachte, Dinge sagte, über die man lachen musste!

Den Matthias beispielsweise hatte er vor ein paar Wochen, als er Klassenarbeiten zurückgab, gefragt: »Was hattest du denn in der vorigen Arbeit?«

»Eine Vier«, hatte Matthias geantwortet.

»So?«, hatte der Professor gesagt. »Diesmal ist es viel besser.« Matz hatte sich schon gefreut.

Und dann hatte der Professor gemeint: »Diesmal ist es eine gute Vier!«

Ein anderes Mal hatte der Schrank im Klassenzimmer offen gestanden. Da hatte Kreuzkamm gerufen: »Fridolin, mach den Schrank zu! Es zieht!« Und man kam sich jedes Mal, wenn man lachen musste, so verkohlt vor, weil er selber streng vom Katheder herabblickte und ein Gesicht machte, als habe er Bauchschmerzen. Man wusste nie, woran man war. Denn seine Miene drückte nie aus, was er empfand.

Aber man lernte eine Masse in seinen Stunden. Und das war ja schließlich auch was wert.

Nun musste ihm Martin also gestehen, dass die Diktathefte verbrannt waren. Der Justus schwenkte in die Quinta, und Professor Kreuzkamm kam allein auf den Jungen losgestiefelt. »Neuigkeiten?«, fragte er streng.

»Jawohl, Herr Professor«, sagte Martin kleinlaut. »Die Realschüler haben gestern Nachmittag unsere Diktathefte verbrannt.«

Der Lehrer blieb stehen. »Habt ihr sie darum gebeten?«, fragte er.

Martin wusste wieder einmal nicht, ob er lachen sollte. Dann schüttelte er den Kopf, erzählte rasch das Notwendigste und händigte dem Professor die Liste aus. Der Professor öffnete die Tür, schob Martin vor sich her und trat ins Klassenzimmer.

Während Martin vor der Tür gewartet hatte, war etwas Haarsträubendes geschehen!

Ein paar Externe, von Georg Kunzendorf angestiftet, hatten Uli in den Papierkorb gesetzt und den Papierkorb an den zwei Haken, die zum Aufhängen der Landkarten dienten, hochgezogen. Matthias war von vier Jungen in der Bank festgehalten worden. Und nun hing Uli oben unter der Zimmerdecke und schaute mit knallrotem Kopf aus dem Körbchen. Martin wäre fast in Ohnmacht gesunken.

Professor Kreuzkamm tat, als bemerke er den skandalösen Tatbestand überhaupt nicht, sondern setzte sich gleichmütig hinters Katheder, knüpfte Martins Taschentuch, das vor ihm lag, auf und betrachtete die Asche. »Was soll das darstellen?«, fragte er.

»Das sind unsere Diktathefte«, antwortete Martin betreten.

»Aha«, sagte der Professor. »Kaum zum Wiedererkennen. – Wem wurden übrigens gestern Mittag die Hefte anvertraut?«

Rudi Kreuzkamm, der Sohn des Professors, stand auf.

»Konntest du die Hefte nicht besser verteidigen?«

»Leider nein«, meinte Rudi. »Es waren ungefähr zwanzig Jungens, die den Fridolin und mich überfielen. Und bevor sie die Hefte verbrannten, wurde ich von ihnen in einem Keller mit einer Wäscheleine gefesselt.«

»Wie lange warst du denn in dem Keller?«, fragte der Vater.

»Bis gegen vier Uhr.«

»Haben deine Eltern etwas bemerkt?«

»Nein«, antwortete Rudi.

»Das scheinen ja nette Eltern zu sein«, meinte der Professor ärgerlich.

Ein paar Schüler lachten. Es war aber auch komisch, dass der Professor auf sich selber schimpfte.

»Haben sie dich denn nicht beim Essen vermisst?«, fragte er.

Professor Kreuzkamm tat, als bemerke er
den skandalösen Tatbestand überhaupt nicht.

»Nein«, erwiderte Rudi. »Man erzählte ihnen, dass ich bei einem Kameraden eingeladen sei.«

Der Professor meinte streng: »Richte deinem Vater einen schönen Gruß von mir aus, und er solle künftig gefälligst besser auf dich aufpassen!«

Nun lachte die ganze Klasse. Außer Uli. Und außer dem Lehrer.

»Ich werde es meinem Vater bestellen«, entgegnete Rudi Kreuzkamm. Und da lachten sie wieder.

»Feine Zustände sind das bei euch«, sagte der Professor. »Martins Liste brauch ich übrigens nicht. Ich habe sämtliche Zensuren noch einmal in meinem Notizheft stehen. Aber ich werde die beiden Listen miteinander vergleichen. Hoffentlich hat niemand gemogelt. Na, das wird sich ja herausstellen. Außerdem möchte ich euch schon jetzt Folgendes mitteilen: Bei dem nächsten Unfug, den ihr anstellt, brumme ich euch ein Diktat auf, dass euch Hören und Sehen vergeht.«

Wie auf Kommando starrten alle zu Uli hinauf. Das konnte ja heiter werden!

»Was soll eigentlich der Papierkorb an der Zimmerdecke?«, fragte der Professor. »Lasst doch endlich diese Albernheiten!«

Ein paar Jungen sprangen hoch, um den Papierkorb herabzulassen.

»Nein!«, rief der Professor streng. »Lasst ihn nur ruhig hängen! Das hat ja Zeit.« Sollte er wirklich nicht gemerkt haben, dass Uli darin saß? »Wir wollen«, sagte er, »ehe wir fortfahren, nur noch rasch ein paar Wörter aus dem gestrigen Diktat durchgehen. Wie schreibt man Vertiko? Sebastian!«

Sebastian Frank schob sein Buch über die Vererbungslehre unter die Bank und buchstabierte das Wort. Er buchstabierte es richtig.

Der Professor nickte. »Und wie wird Grammofon geschrieben? Uli!«

Die ganze Klasse erstarrte vor Schreck.

Der Professor trommelte nervös mit den Fingern auf dem Katheder. »Na, wird's bald, Simmern? Los, los!«

Da ertönte es zitternd aus dem Papierkorb:

»G…r…a…m…m…« Weiter kam Uli nicht.

Magisch angezogen blickte der Professor nach oben und stand auf. »Seit wann ist denn dieses Zimmer ein Rummelplatz? Willst du mir erklären, was du in der albernen Luftschaukel zu suchen hast? Bei euch piept's wohl? Komm auf der Stelle herunter!«

»Ich kann nicht«, sagte Uli.

»Wer war das?«, fragte der Professor. »Schon gut. Ihr verratet es ja doch nicht. Matthias!«

Matz stand auf.

»Warum hast du das nicht verhindert?«

»Es waren zu viele«, erklärte Uli aus den Lüften.

»An allem Unfug, der passiert, sind nicht etwa nur die schuld, die ihn tun, sondern auch die, die ihn nicht verhindern«, erklärte der Professor. »Diesen Satz schreibt jeder bis zur nächsten Stunde fünfmal auf.«

»Fünfzigmal?«, fragte Sebastian spöttisch.

»Nein, fünfmal«, erwiderte der Professor. »Wenn man einen Satz fünfzigmal aufschreibt, hat man ihn zum Schluss wieder vergessen. Nur Sebastian Frank schreibt ihn fünfzigmal auf. Wie lautet der Satz, Martin?«

Martin sagte: »An allem Unfug, der geschieht, sind nicht nur die schuld, die ihn begehen, sondern auch diejenigen, die ihn nicht verhindern.«

»Wenn du wüsstest, wie recht du hast!«, meinte der Professor und lehnte sich zurück. »Das war der erste Teil der Tragödie. Nun angelt mal den Kleinen aus seiner Luftschaukel!«

Matthias stürzte nach vorn. Einige andere Jungen folgten. Und schließlich hatte Uli wieder festen Boden unter den Füßen.

»Und jetzt«, sagte der Professor, »folgt der Tragödie zweiter Teil.« Und dann gab er ihnen ein Diktat, dass es rauchte. Fremdwörter, Groß- und Kleinschreibung, schwierige Interpunktion – es war glatt zum Verzweifeln. Die Tertianer schwitzten eine halbe Stunde lang Blut. Trotz des Winters und des Schnees. (Von diesem Diktat sprach man übrigens noch nach Jahren. Die beste Zensur war die Drei gewesen.)

»Teufel, Teufel!«, flüsterte Matthias seinem Nachbarn zu. »Hoffentlich überfallen heute die Realschüler den Rudi noch einmal!«

Aber Professor Kreuzkamm nahm die Diktathefte selber mit heim. »Sicher ist sicher«, sagte er und verließ das Zimmer so ernst und steif, wie er gekommen war.

In der Pause kletterte Uli aufs Katheder und rief: »Ruhe!« Aber die anderen lärmten weiter.

»Ruhe!«, rief er zum zweiten Mal. Es klang wie ein gequälter Aufschrei. Und da wurden sie alle still. Uli war blass wie ein Handtuch. »Ich möchte euch mitteilen«, sagte er leise, »dass ich das nicht mehr aushalte. Ich werde noch ganz krank davon. Ihr denkt, ich bin ein Feigling. Nun, ihr werdet's ja sehen. Ich fordere euch auf, heute um drei Uhr auf den Turnplatz zu kommen. Um drei Uhr. Vergesst es aber nicht!« Dann stieg er wieder herab und setzte sich auf seinen Platz.

»Was soll das denn heißen, Kleiner?«, fragte Matthias. Auch Martin und Johnny kamen an und wollten wissen, was er eigentlich vorhabe.

Er schüttelte beinahe feindselig den Kopf und meinte: »Lasst mich nur gehen! Ihr werdet's schon sehen.«

Vor dem Mittagessen verteilte der Speisesaalpräfekt die Post. Matthias und viele andere erhielten Geldsendungen. Es war das Reisegeld, auf das sie warteten. Martin bekam einen Brief von seiner Mutter. Er steckte ihn in die Tasche. Er brachte es, obwohl er doch lange genug im Internat lebte, noch immer nicht fertig, seine Post am Tisch zu lesen, mitten im Lärm und unter den neugierigen Blicken der Umsitzenden. Nein, er wollte, nach der Theaterprobe, durch den Park oder in ein einsames Klavierzimmer gehen und allein sein, wenn er den Brief öffnete. Er befühlte ihn. Sehr dick war er nicht, der Brief. Anscheinend schickte ihm die Mutter einen Zehnmarkschein. Acht Mark betrug das Reisegeld. Da würden zwei Mark übrig bleiben, und er konnte noch ein paar kleine Geschenke für die Eltern besorgen. Das Bild, das er ihnen gemalt hatte, war zwar ganz hübsch. Aber er fand, ein Bild sei doch ein bisschen wenig für zwei Eltern.

Als die Mahlzeit zu Ende war, berief Matthias seine Gläubiger um sich und zahlte ihnen zurück, was sie ihm, wenn ihn der Hunger gequält hatte, gepumpt hatten. Dann rannte er auf und davon. Er musste rasch zum Bäcker Scherf. Dort wollte er, weil er heute ein reicher Mann war, für sämtliche Darsteller des Weihnachtsstücks Kuchen einholen. Für sich natürlich auch; denn er spielte ja auch mit.

Der Speisesaal hatte sich geleert. Nur Martin und Johnny standen noch an der Tür. Und hinten, an der einen Schmalseite des Raumes, saß der Justus an einem kleinen Tisch und zündete sich eine Zigarre an. Sie gingen zu ihm. Er nickte freundlich und sah sie forschend an. »Ihr seht ja geradezu feierlich aus«, sagte er. »Was habt ihr denn auf dem Rohre?«

»Wir wollten Sie bitten, einen kleinen Spaziergang mit uns zu machen«, erklärte Martin. »Wir müssen Ihnen etwas zeigen.«

»So?«, meinte er. »Ihr müsst?«

Beide nickten energisch. Da stand er auf und ging mit ihnen aus dem Speisesaal. Sie führten ihn, ohne dass er Widerstand geleistet hätte, bis zum Schultor. »Nanu«, sagte er dann. »Hier hinaus?« Sie nickten wieder. »Da bin ich aber mächtig gespannt«, meinte er. Sie führten ihn die Straße hinauf, immer am Eisengitter der Schule entlang. Er erkundigte sich nach ihren Theaterproben.

Johnny Trotz sagte: »Wir können unsere Rollen sehr gut. Sogar Matthias wird morgen Abend, zur Weihnachtsfeier, nicht stecken bleiben. Morgen Nachmittag haben wir Generalprobe. Mit Kostümen.«

Der Justus erkundigte sich, ob er zur Generalprobe kommen dürfe. Sie sagten, er dürfe selbstverständlich. Aber er merkte, dass es ihnen nicht ganz recht war. Und da meinte er, er werde seine Neugierde schon bis zur ersten öffentlichen Aufführung bezähmen können.

»Wohin transportiert ihr mich denn eigentlich?«, fragte Doktor Bökh.

Sie gaben ihm keine Antwort, sondern lächelten und waren sehr aufgeregt.

Plötzlich fragte Johnny: »Was für einen Beruf hatte denn Ihr Freund, von dem Sie uns gestern Abend erzählt haben?«

»Er war Arzt«, sagte Doktor Bökh. »Deswegen wird es ihm wohl auch so zu Herzen gegangen sein, dass er seiner Frau und dem Kinde nicht helfen konnte. Er war sogar ein sehr tüchtiger Arzt. Aber gegen das Schicksal hilft manchmal kein Studium.«

»Konnte er Klavier spielen?«, fragte Johnny weiter.

Der Justus blickte den Jungen erstaunt an. »Ja«, sagte er schließlich. »Er spielte sogar ausgezeichnet. Aber wie kommst du denn darauf?«

»Bloß so«, meinte Johnny. Und Martin öffnete die Tür zur Schrebergartenkolonie.

»Hier hinein?«, fragte der Lehrer. Sie nickten und führten ihn an vielen kleinen verschneiten Gärten vorüber.

»Vor zwanzig Jahren war hier noch Wald«, erzählte Doktor Bökh. »Und wenn wir etwas vorhatten, sind wir über den Zaun geklettert.«

»Das machen wir jetzt auch noch so«, sagte Martin. Und da lachten sie.

Dann blieben die beiden Jungen stehen.

»Da wohnt ja jemand in einem richtigen Eisenbahnwagen!«, rief der Justus überrascht.

»Jawohl«, sagte Johnny. »Der Mann, der in diesem Wagen wohnt, ist ein Freund von uns. Und wir haben ihn fast genauso gern wie Sie. Deswegen wollen wir auch, dass Sie ihn endlich kennenlernen.«

Martin war in den Garten gegangen, blieb vor dem Waggon stehen und klopfte dreimal. Die Tür öffnete sich, und der Nichtraucher trat heraus. Er gab Martin die Hand. Dann blickte er zu der Gartentür hinüber, wo Johnny Trotz mit dem Lehrer stand.

Plötzlich stieß der Justus einen tiefen Seufzer aus, riss das

Gatter auf und lief auf den Nichtraucher zu. »Robert!«, rief er außer sich.

»Johann«, sagte der Nichtraucher und streckte dem Freund die Hand entgegen.

Die zwei Knaben hatten keine große Mühe, sich fortzustehlen, denn die beiden Männer standen wie zwei Steinsäulen im Schnee und sahen einander unverwandt an.

»Alter Junge!«, sagte der Justus. »Dass ich dich endlich wiederhabe!«

Martin und Johnny rannten schweigend zwischen den Gärten hin. An dem Zaun, der zum Gymnasium gehörte, blieben sie aufatmend stehen. Sie sprachen kein Wort. Doch ehe sie über den Zaun kletterten, gaben sie einander die Hand.

Es war, als gäben sie sich ein stummes Versprechen. Ein Versprechen, das sich mit Worten gar nicht ausdrücken lässt.

DAS ACHTE KAPITEL

enthält sehr viel Kuchen; die nächste Probe des »Fliegenden
Klassenzimmers«; den Grund, warum Uli einen Schirm mitbrachte;
eine ungeheure Aufregung auf dem Turnplatz und im Schulgebäude;
Doktor Bökhs Trostsprüche und das Klavierzimmer III.

Die vorletzte Probe zum »Fliegenden Klassenzimmer« begann
mit einem gigantischen Kuchenessen. Matthias hatte großzü-
gig eingekauft und achtete sorgfältig darauf, dass nichts übrig
gelassen wurde.

Uli erschien mit Verspätung. Er trug einen Regenschirm unterm Arm. »Wozu schleppst du denn die Musspritze herum?«,
meinte Sebastian. Aber Uli sagte nichts, und da fragten sie
nicht weiter.

Sebastian dachte: ›Er hat sich seit heute früh enorm verän-
dert. Es ist mit ihm wie mit einer Uhr. Man hat ihn zu sehr
aufgezogen. Und nun ist er überdreht.‹

Uli stellte den Schirm in eine Ecke. Er wollte unter keinen
Umständen Kuchen essen, obwohl Matthias ihn sehr darum
bat, und sagte, es werde Zeit, mit der Probe zu beginnen.

Und dann übten sie Johnnys Weihnachtsstück. Sie spielten
es vom ersten bis zum fünften Akt durch, ohne stecken zu blei-

ben, und waren anschließend sehr zufrieden. »Da habt ihr's!«, meinte Matthias stolz. »Je mehr ich esse, umso besser wird mein Gedächtnis.« Dann sprachen sie noch einmal ganz genau über die Kostüme und Requisiten. Den blonden Gretchenzopf für Uli wollte Fridolin noch heute beim Friseur Krüger abholen und morgen früh mitbringen. Der Generalprobe stand also nichts im Wege. Sogar der Christbaum war schon aufgestellt. Er war über und über mit elektrischen Glühbirnen verziert. Und der Hausmeister hatte die Zweige mit mehreren Pfund Watte beladen.

»Hoffentlich klappt es morgen Abend«, sagte Johnny. »Vor allem dürft ihr kein Lampenfieber haben. Ihr müsst so tun, als ob wir, ganz wie während der Probe, allein in der Turnhalle wären.«

»Ach, das wird schon gut ablaufen«, meinte Martin. »Aber wir müssten das Aufstellen der Bühnenbilder rasch noch etwas üben. Denn wenn morgen Abend eines der Bilder umfällt, die Pyramide oder der Nordpol, so lachen die Zuschauer, ehe wir überhaupt den Mund aufgetan haben. Und dann brauchen wir das Stück gar nicht erst zu spielen.« Johnny gab Martin recht. Und deshalb holten sie die großen bemalten Pappen wieder aus der Ecke und stellten sie rasch an den Reckstangen auf. Dann versuchten sie, ob sie das Flugzeug so vom Fleck bewegen konnten, ohne dass die Zuschauer sähen, wie die Jungen, die hinter der Pappe steckten, den Barren schoben.

»Das muss gehen wie am Schnürchen!«, rief Martin. »Die

Bühne muss in einer Minute fix und fertig sein!« Sie schoben die Bilder und den Barren wieder in die Ecke und holten sie noch einmal hervor. Sie hantierten und fluchten wie gelernte Bühnenarbeiter. Uli hatte sich, ohne dass die anderen es gemerkt hätten, aus der Turnhalle gestohlen. Er fürchtete, dass sie ihn an seinem Vorhaben hindern könnten. Und das durfte nicht geschehen.

Über fünfzig Jungen standen neugierig auf der verschneiten Eisbahn und erwarteten ihn. Es waren lauter Unterklassianer. Den Älteren hatte man nichts erzählt. Die Jungen hatten gleich das Gefühl gehabt, dass etwas Außergewöhnliches und Verbotenes bevorstehe. Sie hatten die Hände in den Manteltaschen und äußerten Vermutungen. »Vielleicht kommt er überhaupt nicht«, sagte einer.

Aber da kam Uli schon. Er ging wortlos an ihnen vorüber und schritt auf die eisernen Kletterstangen zu, die am Rande des Platzes standen. »Wozu hat er eigentlich einen Schirm mit?«, fragte jemand. Aber die anderen machten »Pst!«.

Neben den Kletterstangen erhob sich eine hohe Leiter. Eine der üblichen Turnleitern, wie sie in allen Schulen zu finden sind. Uli trat an die Leiter heran und kletterte die eiskalten Sprossen hinauf. Auf der vorletzten Sprosse machte er halt, drehte sich um und blickte zu der großen Jungensmenge hinunter. Er schwankte ein bisschen, als ob ihm schwindle. Dann riss er sich zusammen und sagte laut: »Die Sache ist die. Ich werde jetzt den Schirm aufspannen und einen Fallschirmabsprung machen. Tretet weit zurück, damit ich niemandem auf den Kopf fliege!«

Einige Jungen meinten, Uli sei komplett verrückt. Aber die meisten drängten stumm rückwärts und konnten das angekündigte aufregende Schauspiel nicht erwarten.

Die vier Tertianer, die in der Turnhalle arbeiteten, hatten die Bühnenbilder und den Barren für heute endgültig in die Ecke geschoben. Sebastian schimpfte auf Professor Kreuzkamm, weil dieser ihn den Satz »über die Schuld am Unfug« fünfzigmal aufschreiben ließe. »Und so was einen Tag vor der Weihnachtsfeier!«, meinte er gekränkt. »Der Mann hat kein Herz.«

»Du doch auch nicht«, sagte Johnny.

Da drehte sich Matthias suchend um und fragte: »Wo ist denn eigentlich der Kleine? Er ist weg!«

Johnny sah auf die Uhr. »Es ist kurz nach drei«, sagte er. »Uli hatte doch um drei Uhr irgendetwas vor.«

»Freilich«, rief Martin. »Auf dem Turnplatz draußen. Da bin ich aber neugierig.«

Sie verließen die Halle und liefen zu dem Platz hinüber. Sie bogen um die Ecke und blieben wie angewurzelt stehen. Der Platz war voller Schüler. Und alle schauten zu der hohen Turnleiter hinauf, auf der Uli mühsam balancierte. Den aufgespannten Regenschirm hielt er hoch über sich.

Martin flüsterte: »Um Gottes willen! Er will herunterspringen!« Und schon rannte er über den Platz, und die anderen

Doch in diesem Augenblick sprang Uli ab.

drei folgten ihm. Der Turnplatz war, trotz des Schnees, höllisch glatt. Johnny fiel hin.

»Uli!«, schrie Matthias. »Tu's nicht!«

Doch in diesem Augenblick sprang Uli ab. Der Schirm stülpte sich sofort um. Und Uli sauste auf die verschneite Eisfläche hinab. Er schlug dumpf auf und blieb liegen.

Die Menge rannte schreiend auseinander. Im nächsten Augenblick waren die vier Freunde bei dem Verunglückten. Uli lag leichenblass und besinnungslos im Schnee. Matthias kniete neben Uli und streichelte ihn in einem fort.

Dann rannte Johnny ins Haus, um die Krankenschwester des Internats zu holen. Und Martin lief zum Zaun, kletterte hinüber und alarmierte den Nichtraucher. Der war ja Arzt. Er musste helfen. Und der Justus war auch noch bei ihm.

Matthias schüttelte den Kopf. »Mein Kleiner«, sagte er zu dem Ohnmächtigen. »Und da behaupten sie immer, dass du keinen Mut hättest!« Und dann weinte der zukünftige Boxweltmeister große Kindertränen. Die meisten tropften in den Schnee. Und ein paar fielen auf Ulis totenblasses Gesicht.

Matthias, Martin, Johnny und Sebastian standen schweigend am Fenster des Vorsaals, der zur Krankenstube des Internats führte. Sie durften nicht hinein. Sie wussten noch nicht, was mit Uli los war. Der Nichtraucher und der Justus, die Krankenschwester und Herr Direktor Grünkern waren im Zimmer. Der Schularzt, der alte Sanitätsrat Hartwig, war auch gekommen.

Schließlich sagte Martin: »Es wird schon nichts Schlimmes sein, Mätzchen.«

»Bestimmt nicht«, meinte Johnny.

»Ich hab ihm den Puls gefühlt, und der ging ganz normal«, erzählte Sebastian. Er erzählte es übrigens zum dritten Male. »Er hat sicher nur das rechte Bein gebrochen.«

Dann schwiegen sie wieder und starrten zu dem Fenster hinaus, auf den weißen Park hinunter. Aber sie sahen nichts. Ihre trüben Gedanken verdunkelten ihnen den Blick. Dieses Warten dauerte ja eine Ewigkeit!

Da öffnete sich leise die Tür. Der Justus trat heraus und kam eilig auf sie zu. »Es ist nicht sehr schlimm«, sagte er. »Der Beinbruch ist unkompliziert. Und außerdem hat er leichte Quetschungen am Brustkorb. Gehirnerschütterung war nicht festzustellen. Also Kopf hoch, Jungens!«

Die Freunde atmeten auf. Matz presste das Gesicht an die Fensterscheibe. Seine Schultern zuckten. Der Justus sah aus, als wolle er den großen Bengel streicheln. Er traute sich aber nicht recht. »In vier Wochen ist er wieder gesund«, meinte Doktor Bökh. »Und jetzt will ich rasch den Eltern telefonieren, dass der Junge über Weihnachten hierbleiben muss.« Er wollte schon gehen. Da fragte er noch: »Könnt ihr mir, um alles in der Welt, erklären, warum er auf den idiotischen Einfall gekommen ist, mit dem Schirm von der Leiter herunterzuspringen?«

»Sie haben ihn immer alle geärgert«, erzählte Matthias

schluchzend. »Er sei ein Feigling, haben sie gesagt, und solche Sachen.« Matthias zog das Taschentuch heraus und putzte sich die Nase. »Und ich Rindvieh habe ihm gestern geraten, er müsse eben mal was zeigen, was den anderen imponiere.«

»Na, das ist ihm ja nun gelungen«, sagte der Justus. »Und nehmt euch ein bisschen zusammen! Vergesst nicht, dass so ein Beinbruch weniger schlimm ist, als wenn der Kleine sein Leben lang Angst davor gehabt hätte, die anderen würden ihn nicht für voll nehmen. Ich glaube wirklich, dieser Fallschirmabsprung war gar nicht so blödsinnig, wie ich zunächst dachte.«

Dann lief er eilig ins Treppenhaus, um Ulis Eltern telefonisch zu benachrichtigen.

Die vier Jungen gingen erst fort, als der Nichtraucher herauskam und ihnen ehrenwörtlich versicherte, dass Uli in einem Monat wieder kreuzfidel sein werde. Matthias wich als Letzter von der Stelle. Er fragte noch, ob er zu Uli hineindürfe. Aber der Nichtraucher sagte, das sei streng verboten. Vor morgen sei an so etwas gar nicht zu denken. Dann ging auch Matthias in sein Wohnzimmer hinüber.

Martin spürte, als er die Treppe hinunterstieg, den Brief seiner Mutter in der Tasche knistern.

Er trat ins Klavierzimmer III. Dort setzte er sich aufs Fensterbrett und riss den Umschlag auf. Das Erste, was er sah, war eine Reihe von Briefmarken. Er nahm sie heraus und zählte hastig. Es waren zwanzig Fünfundzwanzigpfennigmarken. Es waren also nur fünf Mark!

Dem Jungen stand beinahe das Herz still. Dann nahm er den Briefbogen in die Hand. Er drehte ihn um. Er griff ins Kuvert. Er blickte suchend auf den Fußboden. Aber es wurden nicht mehr. Es blieben Briefmarken im Werte von fünf Mark.

Martins Knie wurden schwach. Sie zitterten. Er blickte auf den Briefbogen und las:

»Mein lieber, guter Junge!

Das wird wahrhaftig ein trauriger Brief. Und ich weiß nicht, wie ich ihn anfangen soll! Denn denke dir, mein gutes Kind, ich kann dir diesmal die acht Mark fürs Fahrgeld nicht schicken! Es reicht an keiner Ecke, und dass Vater nichts verdient, weißt du ja. Wenn ich dran denke, dass du zu Weihnachten in der Schule bleiben musst, wird mir ganz elend zumute. Ich habe mir den Kopf zerbrochen. Bei Tante Emma war ich auch. Aber vergeblich. Vater ist zu einem früheren Kollegen gelaufen. Doch der hatte auch nichts übrig. Keinen Pfennig.

Es gibt keinen Ausweg, mein Kleiner. Du musst diesmal im Internat bleiben. Und wir werden uns vor Ostern nicht wiedersehen. Wenn ich daran denke – aber man darf es nicht, weil es keinen Zweck hat.

Im Gegenteil. Wir wollen kolossal tapfer sein und die Zähnchen zusammenbeißen, gelt? Das Einzige, was ich auftreiben konnte, waren fünf Mark. Von Schneidermeister Rockstroh. Bis Silvester. Dann will er's wiederhaben.

Martin, kaufe dir in einem Café ein Kännchen Schokolade und ein paar Stück Kuchen dafür. Und sitze ja nicht immer in der Schule und im Zimmer. Hörst du? Vielleicht ist irgendwo eine Rodelbahn. Da musst du bestimmt hinaus. Das versprichst du mir doch?

Und morgen bekommst du mit der Post ein Paket, wo nun die Geschenke drin sind, die du zu Hause unterm Christbaum beschert kriegen solltest. Vielleicht werden wir gar keinen haben. Wenn du nicht da bist, hat es ja keinen Sinn.

Viel ist es nicht, was wir dir schicken. Aber du weißt ja, dass ich nicht mehr Geld habe. Es ist recht traurig, aber nicht zu ändern. Mein lieber, guter Junge, wir werden alle miteinander zu Weihnachten recht tapfer sein und kein bisschen weinen. Ich versprech dir's. Und du mir auch? Und nun viele herzliche Grüße und Küsse

von deiner dich liebenden Mutter.

Der Vater lässt grüßen. Du sollst, sagt er, ja recht brav sein. Aber das bist du ja sowieso, nicht wahr? Ich schicke das Geld in Briefmarken. Du tauschst sie dir um.«

Martin Thaler starrte auf den Briefbogen. Die Schrift verschwamm vor seinen Augen. Die Mutter hatte geweint. Man sah es. Die Tinte war ein paarmal verwischt.

Der Junge umklammerte den Fensterriegel, blickte zu dem müden, grauen Dezemberhimmel empor und flüsterte: »Muttchen! Gutes, gutes Muttchen!«

Und dann musste er weinen, obwohl er es ja eigentlich nicht durfte.

DAS NEUNTE KAPITEL

enthält grundsätzliche Erklärungen Sebastians über die Angst; die
Umbesetzung einer Rolle; einen heimlichen Besuch im Krankenzimmer;
das Restaurant »Zum letzten Knochen« nebst warmem Abendbrot;
die Begegnung mit einem Postboten und Martins Brief nach Hause.

Ulis Fallschirmabsprung war das Tagesgespräch in sämtlichen
Arbeitszimmern. Und es herrschte eine einzige Meinung: Der
kleine Simmern sei ein Mordskerl, und niemand habe geahnt,
dass er eines Tages solch einer Tollkühnheit fähig sein werde.

Nur Sebastian widersprach. »Dieser Sprung hat doch nicht
das Mindeste mit Kühnheit zu tun«, sagte er abweisend. »Uli
war, als er von der Leiter sprang, nicht mutiger als vorher. Ihn
trieb die Verzweiflung herunter.«

»Aber der Mut der Verzweiflung«, rief ein Sekundaner. »Das
ist ein Unterschied. Es gibt sehr viele Feiglinge, die nicht im
Traum daran dächten, von Leitern zu springen. Und wenn sie
noch so verzweifelt wären.«

Sebastian nickte wohlwollend. »Das stimmt schon«, meinte
er. »Aber der Unterschied zwischen ihnen und Uli liegt nicht
auf dem Gebiete der Tapferkeit.«

»Sondern?«

»Der Unterschied ist der, dass sich Uli mehr schämen kann als sie. Uli ist nämlich ein völlig einfacher, naiver Junge. Sein Mangel an Mut störte ihn selber am allermeisten!« Sebastian überlegte eine Weile. Dann fuhr er fort: »Eigentlich geht euch das, was ich jetzt sagen will, gar nichts an. Aber, habt ihr schon einmal darüber nachgedacht, ob ich Mut habe? Ist euch schon einmal aufgefallen, dass ich ängstlich bin? Nichts ist euch aufgefallen! Ich will euch deshalb vertraulich mitteilen, dass ich sogar außerordentlich ängstlich bin. Ich bin aber ein gescheiter Mensch und lass es mir nicht anmerken. Mich stört mein Mangel an Mut nicht besonders. Ich schäme mich nicht darüber. Und das kommt wieder daher, dass ich gescheit bin. Ich weiß, dass jeder Mensch Fehler und Schwächen hat. Es kommt nur darauf an, diese Fehler nicht sichtbar werden zu lassen.«

Natürlich verstanden nicht alle, was er sagte. Besonders die Jüngeren kapierten es nicht.

»Mir ist es lieber, wenn man sich noch schämen kann«, meinte der Sekundaner.

»Mir auch«, antwortete Sebastian leise. Er war heute merkwürdig gesprächig. Wahrscheinlich war Ulis Unfall daran schuld. Sonst sagte er immer nur spöttische und befremdende Dinge. Er hatte keinen Freund. Und sie hatten stets gedacht, er brauche keinen. Aber jetzt spürten sie, dass er doch unter seiner Einsamkeit litt. Er war bestimmt kein sehr glücklicher Mensch. »Im Übrigen«, sagte er plötzlich kalt, »im Übrigen soll sich keiner unterstehen, meinen Mangel an Mut komisch zu finden. Ich müsste ihm sonst, lediglich zur Aufrechterhaltung meines Ansehens, eine runterhauen. So viel Courage hab ich nämlich noch.« So war er nun! Eben noch hatten sie beinahe Mitleid mit ihm gehabt. Und schon sprang er ihnen wieder mit der Rückseite ins Gesicht.

»Ruhe!«, rief der Stubenälteste. Er hatte ein bisschen geschlafen und war gerade aufgewacht.

Und Sebastian schrieb fünfzigmal den Satz vom Unfug auf.

Etwas später ging er in Johnnys Arbeitszimmer. »Wer spielt denn nun morgen Abend Ulis Rolle?«, fragte er.

Johnny fiel aus allen Wolken. Er hatte überhaupt noch nicht daran gedacht, dass die Aufführung des »Fliegenden Klassenzimmers« durch Ulis Unfall in Frage gestellt war.

»Die Rolle ist ja nicht sehr groß«, meinte Sebastian. »Wir müssen nur wen finden, der sie bis morgen Mittag lernt. Und dieser Bedauernswerte muss ferner fähig sein, wie ein kleines blondes Mädel auszusehen.«

Schließlich verfielen sie auf den Quartaner Stöcker. Bevor sie ihn fragten, ob er einspringen wolle, gingen sie ins Wohnzimmer Nummer 9, um die Sache mit Martin zu besprechen.

Das Wohnzimmer Nummer 9 glich einem Trauerhaus. Matthias war beim Justus gewesen und hatte gefragt, ob er während der Weihnachtsferien in der Schule bleiben dürfe. Denn sonst sei ja Uli ganz allein. Aber der Justus hatte geantwortet, das erlaube er auf keinen Fall. Matthias solle nur brav zu seinen

Eltern fahren, die sich doch so auf sein Kommen freuten. Außerdem bleibe ja Johnny in der Schule. Und Ulis Eltern hätten vorhin am Telefon gesagt, dass sie am Heiligen Abend für ein paar Tage nach Kirchberg kämen. Nun starrte Matthias also vor sich hin und war wütend, dass er zu Weihnachten nach Hause fahren sollte!

Und ein paar Pulte weiter saß Martin und war tieftraurig, dass er zu Weihnachten in der Schule bleiben musste. Er sagte sich zwar seit einer Stunde ununterbrochen, dass Uli und Johnny ja auch dableiben würden. Aber das war eben doch etwas ganz anderes. Denn was sollte Johnny schon bei der Schwester seines Kapitäns? Da war es keine besondere Kunst, hierzubleiben, wenn man einen Vater hatte, der ein schlechter Mensch und überdies in Amerika war. Und Uli, der wurde ja von seinen Eltern in der Schule besucht. Das war doch wenigstens etwas. Und außerdem: Wenn man ein Bein gebrochen hatte, konnte man selbstverständlich nicht verreisen.

›Aber ich‹, dachte Martin, ›ich bin doch gesund! Ich habe kein Bein gebrochen und kann trotzdem nicht fort. Ich habe meine Eltern sehr lieb, und sie lieben mich, und trotzdem dürfen wir am Heiligen Abend nicht zusammen sein. Und warum eigentlich nicht? Wegen des Geldes. Und warum haben wir keins? Ist mein Vater weniger tüchtig als andere Männer? Nein. Bin ich weniger fleißig als andere Jungen? Nein. Sind wir schlechte Menschen? Nein. Woran liegt es dann? Es liegt an der Ungerechtigkeit, unter der so viele leiden. Es gibt zwar nette Leute, die das ändern wollen. Aber der Heilige Abend ist schon übermorgen. Bis dahin wird es ihnen nicht gelingen.‹

Martin überlegte sogar, ob er zu Fuß nach Hause laufen sollte. Drei Tage würde das dauern. Mitten im Winter. Am zweiten Feiertag könnte er frühestens dort sein. Ob die fünf Mark zum Essen und Übernachten reichten? Und nach den Ferien musste er doch wieder in die Schule zurück! Und dann würden die Eltern wieder kein Fahrgeld für ihn haben!

Es ging nicht. Wie er's auch drehte und wendete: Er musste diesmal hierbleiben …

Als Johnny und Sebastian ins Zimmer kamen und ihn fragten, ob er den Quartaner Stöcker für einen geeigneten Uli-Ersatz halte, hörte er überhaupt nicht zu. Johnny packte ihn an der Schulter und rüttelte ihn aus den trüben Gedanken heraus. Sebastian wiederholte die Frage.

Martin sagte gleichgültig: »Sicher.« Weiter nichts.

Die zwei musterten ihn erstaunt. »Was hast du denn?«, fragte Sebastian. »Ist es wegen Ulis Unfall? Da musst du dir nicht den Kopf zerbrechen. Es konnte viel, viel schlimmer kommen.«

»Sicher«, sagte Martin.

Johnny beugte sich herab und flüsterte: »Du, fehlt dir was? Bist du krank? Oder ist es was anderes?«

»Sicher«, entgegnete Martin. Es gab anscheinend kein anderes Wort weiter. Er klappte den Pultdeckel hoch und nahm Briefpapier heraus.

Da gingen sie wieder. »Was soll das denn heißen?«, fragte Johnny Trotz besorgt auf dem Korridor.

»Keine Ahnung«, sagte Sebastian. »Vielleicht Kopfschmerzen.«

Dann sprachen sie mit dem Quartaner Stöcker. Der Junge war Feuer und Flamme. Als er freilich hörte, dass er Mädchenkleider anziehen und eine Gretchenperücke aufsetzen sollte, sank seine Begeisterung beträchtlich. Aber sie sagten, er dürfe die Tertianer nicht im Stich lassen. Johnny drückte ihm das Manuskript des »Fliegenden Klassenzimmers« in die Hand. Und Sebastian befahl: »Morgen Mittag kannst du die Rolle!«

Da setzte sich der Kleine hurtig auf die Hosen.

Matthias hatte es nicht länger ausgehalten und war unter einem Vorwand ausgerückt. Der schöne Theodor, der Stubenälteste, stand noch immer unter dem Eindruck, den die gestrige Erzählung Doktor Bökhs auf ihn gemacht hatte, und war die Nachsicht selber. Nun verbarg sich Matthias in der Nähe der Krankenstube hinter einer Säule im Gang und lauerte.

Er hatte Glück. Schon nach wenigen Minuten kam die Krankenschwester aus dem Zimmer und stieg die Treppe hinunter, um einiges in der Küche zu besorgen. Matthias sah sich vorsichtig um.

Einen Augenblick später stand er neben Ulis Bett. Der Junge schlief. Es roch nach Arznei. Matthias schlug das Herz bis zum

Hals. Voller Rührung betrachtete er das blasse Gesicht des kleinen Freundes.

Da schlug Uli die Augen auf. Und ein müdes, winziges Lächeln tauchte in seinem Blick auf.

Matthias nickte. Es würgte in seiner Kehle.

»Es hat nicht besonders wehgetan«, sagte Uli. »Wirklich nicht. Und meine Eltern kommen übermorgen.«

Matthias nickte wieder. Dann sagte er: »Ich wollte in den Ferien hierbleiben. Aber der Justus hat's verboten.«

»Ich danke dir schön«, flüsterte Uli. »Aber fahr du nur nach Hause. Und wenn du wiederkommst, bin ich schon fast gesund.«

»Natürlich«, meinte Matthias. »Und es tut bestimmt nicht mehr weh?«

»Eisern!«, flüsterte Uli. »Was sagen denn die andern?«

»Die sind einfach platt«, berichtete Matthias. »Und sie haben einen unheimlichen Respekt vor dir gekriegt.«

»Siehst du«, flüsterte Uli. »Du hattest schon ganz recht. Angst lässt sich kurieren.«

»Aber Kleiner. So hab ich das doch gestern nicht gemeint«, sagte Matz. »Das konnte nämlich noch viel schlimmer ablaufen. Ich bin doch wirklich kein Angsthase. Aber du könntest mir eine Million versprechen – ich spränge nicht von der Leiter herunter.«

Ulis Gesicht glänzte vor Freude und Stolz. »Nein?«

»Völlig ausgeschlossen«, sagte Matthias. »Lieber ließe ich mich einen krummen Hund schimpfen.«

Uli war mit sich und der Welt zufrieden. Trotz der Schmerzen und trotz der mehrwöchigen Bettruhe. »Auf dem Nachttisch liegt Schokolade«, flüsterte er. »Vom Grünkern persönlich. Nimm sie dir!«

»Nein, danke«, meinte Matthias. »Ich habe keinen Hunger.«

Uli hätte beinahe gelacht. Aber der Brustkorb tat ihm zu weh. »Du hast keinen Hunger?«, flüsterte er. »Aber Mätzchen! Ich befehle dir, die Schokolade zu essen. Sonst rege ich mich auf. Und der Nichtraucher hat mir jede Aufregung verboten.«

Da nahm Matthias rasch die Schokolade an sich. Uli zog so lange ein strenges Gesicht, bis Matz ein paar Stückchen in den Mund schob. Dann lächelte er versöhnt.

In diesem Moment öffnete sich die Tür, und die Krankenschwester trat ins Zimmer. »Willst du gleich machen, dass du rauskommst!«, rief sie. »Und man hält's doch nicht für möglich: Isst der große Bengel dem kleinen kranken Kerl die Schokolade weg!«

Matthias wurde über und über rot. »Er hat's mir doch befohlen«, meinte er kauend.

»Scher dich fort!«, rief sie.

Die beiden Jungen nickten einander zu. »Gute Besserung, Uli!«, sagte Matthias und ging.

Im Anschluss an die Abendandacht hielt der Justus vor sämtlichen Schülern eine kleine Rede. »Wir wollen von Herzen dankbar sein«, sagte er, »dass das Experiment, das der kleine

Uli für unerlässlich hielt, ein Unfall blieb und kein Unglück wurde. Es konnte schlimmer kommen. Ich bitte vorsichtshalber die Anwesenden, streng darauf zu achten, dass diese Art von Mut nicht etwa Mode wird. Ich bitte alle, sowohl die Tapferkeit als auch deren Mangel so unauffällig wie möglich auszuüben. Wir müssen auf den Ruf der Schule achten, als wär's unser eigener. Beinbrüche sind Beweismittel, die ich in meiner Eigenschaft als Hauslehrer rundweg ablehnen muss. Ich halte übrigens auch sonst nicht sehr viel davon. So. Und nun Schwamm drüber! Ich gehe heute Abend aus. Ich will mal ein Glas Bier trinken. Primaner Henkel wird mich vertreten. Benehmt euch anständig. Denkt daran, dass ich, wenn ihr heute Krach macht, künftig nicht mehr ausgehen kann. Und so 'n Glas Bier werdet ihr mir doch wohl gönnen. Na, und nun gute Nacht!«

»Gute Nacht, Herr Doktor!«, riefen sie.

Doktor Johann Bökh ging in die Stadt hinunter. Der Weg war weit. Das Restaurant »Zum letzten Knochen« lag draußen in der Vorstadt. Der Nichtraucher hatte erzählt, dass er hier Klavier spiele.

»Konzert und Tanz, kein Weinzwang« stand an der Tür. Der Justus trat ein. Das Lokal war keines von den feinen. Und die Gäste sahen ziemlich verwegen aus. Der Nichtraucher saß an einem verstimmten Klavier und spielte einen Schlager nach dem andern.

Bökh setzte sich an einen kleinen Tisch, bestellte ein Glas Bier und zündete sich eine Zigarre an. Der Nichtraucher hatte ihn bemerkt und nickte ihm zu. Der Justus schaute sich, während sein Freund in die Tasten schlug, gründlich um. Es war wirklich ein ziemlich tolles Lokal! Die Männer behielten beim Tanzen die Hüte auf. Es war allerhand.

Etwa eine halbe Stunde später kam der Nichtraucher an Bökhs Tisch. »Große Pause!«, sagte er und lächelte vergnügt. Der Kellner brachte ihm ein Deutsches Beefsteak mit Bratkartoffeln und ein kleines Bier. »Das warme Abendbrot!«, meinte der Nichtraucher und ließ sich's gut schmecken.

»Nimm mir's nicht allzu übel, Robert«, sagte der Justus. »Aber das ist doch kein Beruf für dich! Willst du es nicht doch wieder mit dem bürgerlichen Leben versuchen?« Und als der Freund nicht antwortete, meinte Bökh: »Tu's wenigstens mir zuliebe!«

Der Nichtraucher schüttelte den Kopf. »Was willst du, Johann?«, sagte er. »Ich fühle mich in meinem albernen Eisenbahnwagen restlos zufrieden. Im Frühling blühen die Blumen wieder. Viel Geld brauch ich nicht. Und noch nie hatte ich so viel Zeit zum Nachdenken und Lesen wie in diesen letzten Jahren, die du für verlorene Jahre hältst. Das Unglück, das ich damals erlebte, hatte schon seinen Sinn. Es muss wohl auch solche Sonderlinge geben, wie ich einer geworden bin. Ich hätte nicht Arzt werden sollen, sondern Gärtner. Doch dazu ist es ja leider zu spät. Und hier, in diesem lauten und gewöhnlichen

Lokal, fühl ich mich so wunderbar allein, als säß ich irgendwo im Wald.«

»Pass mal auf, Robert«, sagte der Justus. »Unser Schularzt, der Sanitätsrat Hartwig, ist schon reichlich alt. Er hat eine große Praxis. Ich kann mir nicht denken, dass es ihm viel ausmacht, wenn er dich zu seinem Nachfolger für unsere Penne vorschlüge. So viel wie als Klavierspieler verdientest du dann auch. Und in deinem Eisenbahnzug könntest du auch wohnen bleiben. Hm? Was hältst du von dem Vorschlag? Soll ich den alten Hartwig mal fragen?«

»Meinetwegen!«, entgegnete der Nichtraucher. »Wenn es dir Spaß macht, dann frage ihn. Aber, mein Guter, glaube nicht, dass ich dadurch froher werde, dass ich eines Tages wieder Aspirin verschreibe. Und komme mir bloß nicht mit der Redensart, dass man nicht ohne Ehrgeiz leben solle. Es gibt nämlich viel zu wenig Menschen, die so leben, wie ich's tue. Ich meine natürlich nicht, dass sie alle Klavierspieler in zweifelhaften Lokalen werden sollten. Ich wünschte aber, es gäbe mehr Menschen, die Zeit hätten, sich an das zu erinnern, was wesentlich ist. Geld und Rang und Ruhm, das sind doch kindische Dinge! Das ist doch Spielzeug und weiter nichts. Damit können doch wirkliche Erwachsene nichts anfangen. Hab ich recht, Alter?« Er machte eine Pause. »Aber natürlich, wenn ich mich um deine Gymnasiasten kümmern dürfte, dass sie hübsch gesund bleiben – das wäre keine ganz hässliche Beschäftigung. Ich brauchte ja auch nur über den Zaun zu klettern, wenn wer krank wäre. Und Blumen züchten und Bücher lesen, das könnte ich außerdem. Also schön, altes Haus, frage deinen ollen Sanitätsrat einmal! Und wenn er mit dem Kopf schütteln sollte, haue ich hier weiter auf die Tasten. Bevor Martin und Johnny, Matthias, Uli und Sebastian ihr Abitur gemacht haben, gehe ich jedenfalls aus meinem Schrebergarten nicht heraus.«

»Und ich nicht aus meinem Turmzimmer«, sagte der Justus. »Es sind doch Prachtkerle!«

Und dann tranken sie einander zu.

»Dass der kleine Uli bald gesund wird!«, rief der Nichtraucher. Und sie stießen mit den Gläsern an. Dann erzählten sie einander, was sie von dem Krieg mit den Realschülern wussten.

Der Justus lächelte seinem Freunde zu. »Sie haben uns beide gern, die Lausejungen«, meinte er.

Der Nichtraucher nickte fröhlich und sagte: »Haben sie etwa nicht recht?«

Dann musste er schon wieder an das verstimmte Klavier. Die Herrschaften wollten tanzen.

Nach Mitternacht gingen sie, quer durch die ganze Stadt, nach Hause. Viele Geschichten aus ihrer Jugend fielen ihnen ein. Wie lange das her war! Aber es war hier gewesen! In denselben Straßen, durch die sie heute Nacht spazierten! Und was war aus den anderen geworden, die vor zwanzig Jahren mit ihnen die Schulbank gedrückt hatten? Von etlichen wussten sie etwas.

Aber was war aus den anderen geworden? Über ihnen schimmerten die Sterne. Es waren dieselben Sterne wie damals.

An der Ecke Nordstraße leerte der Postbote gerade den Briefkasten.

»Wie oft ist man damals zu diesem Kasten gerannt!«, meinte der Justus.

»Mindestens zweimal in der Woche«, sagte der Nichtraucher nachdenklich. »Wenn ich seltener schrieb, dachte meine Mutter, mir sei etwas passiert.«

In dem Briefkasten, den der Postbote leerte, befand sich übrigens ein Brief an Herrn und Frau Thaler in Hermsdorf. Auf der Rückseite stand: »Absender Martin Thaler, Kirchberg, Gymnasium«.

»Der Briefkasten ist der Alte geblieben«, meinte der Justus. »Aber der Postbote ist nicht mehr derselbe.«

Der Brief, von dem eben die Rede war, lautete folgendermaßen:

»Meine liebe, gute Mutti!

Erst kriegte ich einen Schreck, weißt du. Aber da es doch nicht zu ändern ist, kann man nichts machen. Ich habe auch kein bisschen geweint. Kein einziges Tröpfchen. Und ich versprech dir's und dem Vater. Kuchen und Schokolade kaufe ich mir bei Bäcker Scherf. Da ist es furchtbar billig, sagt der Matthias.

Rodeln gehe ich auch, wenn es euch Freude macht. Ganz bestimmt. Du kannst dich darauf verlassen. Und vielen, vielen Dank für das Geld. Ich gehe am Heiligen Abend auf die Post und tausch es um.

Es sind die ersten Weihnachten, wo wir uns nicht sehen, und das ist natürlich sehr traurig. Aber ihr kennt mich ja. Wenn ich mich nicht unterkriegen lassen will, tu ich's nicht. Wozu ist man schließlich ein Mann! Auf das Paket morgen freu ich mich riesig. Ich werde mir ein paar Tannenzweige aufs Pult stellen, und Kerzen gibt es auch. Außer mir bleibt noch der Johnny hier. Ihr wisst ja, warum. Und der Uli, der hat das rechte Bein gebrochen. Das ist noch viel ärgerlicher, was? Johnny hat gesagt, es sei gar nicht so schlimm, wenn man sich zusammennimmt. Na also!

Dass ich dir und Vater diesmal nichts schenken kann, weißt du ja, gutes Muttchen! Nächstes Jahr gebe ich vielleicht einem von den neuen Sextanern Nachhilfeunterricht, und da hab ich dann viel Geld. Großartig, was?

Aber ich habe euch ein Bild gemalt. ›In zehn Jahren‹ heißt es, und ihr werdet's schon verstehen. Man sieht darauf, wie ich euch in einer blauen Kutsche bis über die Alpen gefahren habe. Ich lege es in den Brief und muss es zweimal zusammenklappen. Sonst geht es nicht in den Umschlag hinein. Und hoffentlich gefällt es euch. Ich kann es eben noch nicht schöner und habe vierzehn Tage daran gemalt. Und nun, mein gutes Muttchen, muss ich schließen, weil zum Abendessen geklingelt wird, und ich muss doch hinterher noch rasch zum Brief-kasten.

Behaltet mich ja recht lieb, auch wenn ich zu Weihnachten nicht nach Hause kann. Und seid nicht traurig! Ich bin es auch nicht. Verlass dich drauf! Nein, ich gehe rodeln und denke stets an euch. Es wird bestimmt sehr lustig. Viele, viele, viele Grüße für dich und Vater

von eurem braven Sohn Martin.«

Der Postbote, der den Briefkasten leerte, wusste nicht, wie viele Seufzer in seine große Tasche plumpsten. Und Doktor Bökh und der Nichtraucher wussten es ebenso wenig.

DAS ZEHNTE KAPITEL

enthält den letzten Unterrichtstag vor den Ferien; einen Spaziergang
in Kirchberg und mehrere Begegnungen; noch eine Tafel Schokolade
für Matthias; die Weihnachtsfeier in der Turnhalle; einen unerwarteten
Zuschauer; was er geschenkt bekommt und was er sagt; und einen
Augenblick neben Martins Bett.

Der nächste Tag war der letzte Unterrichtstag. Am 23. Dezember kann kein Lehrer von seinen Schülern verlangen, dass sie für die Entstehung der Elektrizität oder für den Infinitiv mit zu, für die Zinsrechnung oder für Kaiser Heinrich in Canossa das nötige Interesse aufbringen. Kein Lehrer auf der ganzen Welt kann das verlangen!

Es verlangt ja auch keiner. Das war im Johann-Sigismund-Gymnasium in Kirchberg nicht anders. – Die meisten Internen hatten schon begonnen, ihre Koffer zu packen. Sie freuten sich auf die Weihnachtsfeier in der Turnhalle. Sie freuten sich auf die morgige Reise mit der Eisenbahn. Sie freuten sich auf die Geschenke, die sie zu Hause kriegen würden. Sie freuten sich über die Geschenke, die sie den Eltern und Geschwistern mitbringen wollten.

Sie freuten sich wie die Schneekönige, waren quietschvergnügt und mussten sich mächtig zusammennehmen, dass sie nicht mitten im Unterricht auf die Bänke kletterten und dort zu tanzen anfingen.

Die Lehrer nahmen notgedrungen auf die geistige Unzurechnungsfähigkeit ihrer Zöglinge Rücksicht und ließen Märchen und Sagen vorlesen oder erzählten selber Geschichten, vorausgesetzt, dass ihnen welche einfielen.

In der allerletzten Stunde hatten die Tertianer Erdkunde bei Doktor Bökh. Er brachte ein Buch mit, in dem die schönsten Fabeln der Weltliteratur gesammelt waren, und ließ reihum einige dieser kurzen, bedeutungsvollen Geschichten vorlesen, die fast immer von den Tieren handeln und fast immer die Menschen meinen.

Auch Martin kam an die Reihe. Er stotterte. Er versprach sich. Er übersprang zwei Zeilen und merkte es nicht. Er las so, als ob er das Lesen erst gestern gelernt habe. Ein paar Tertianer lachten. Johnny blickte besorgt herüber.

»Das war ja eine Glanzleistung«, sagte der Justus. »Du bist wohl mit deinen Gedanken schon in Hermsdorf unterm Christbaum? Warte es nur ab. Du kommst noch früh genug zu deinen Eltern!«

Martin senkte den Kopf und befahl sich: ›Weinen ist streng verboten! Weinen ist streng verboten! Weinen ist streng verboten!‹ Schon gestern Abend, als er nicht einschlafen konnte, hatte er diesen Satz immer wieder in sich hineingemurmelt. Mindestens hundertmal.

Der Justus gab das Fabelbuch dem Nächsten, sah den Primus bis zum Schluss der Stunde öfters von der Seite an und schien sich zu wundern.

Martin starrte auf seine Bank und traute sich nicht hochzublicken.

Mittags brachte der Postbote das Paket, das die Mutter brieflich angekündigt hatte. Das Paket mit den Weihnachtsgeschenken! Martin schaute gar nicht hinein, nahm es unter den Arm und trug es ins Schrankzimmer. Gerade als er den Schrank aufgeschlossen hatte und das Paket hineinstellte, kam Matthias vorbei. Er schleppte einen großen Koffer. Er wollte packen.

»Nanu, woher kriegst du denn heute noch ein Paket?«, fragte er.

»Von zu Hause«, antwortete Martin.

»Wozu schicken die dir denn, einen Tag bevor du sie besuchst, noch ein Paket?«

»Meine Mutter schickt mir die frische Wäsche«, log Martin, »damit ich auf der Rückreise im Januar nicht so viel zu schleppen habe.«

»Eigentlich ganz praktisch«, sagte Matthias. »Na, da will ich mal meinen Koffer packen. Am liebsten bliebe ich zwar hier. Aber der Justus hat etwas dagegen. Er meint, ich solle meinen werten Angehörigen doch ja die Freude machen und mich bei Selbmanns in Frankenstein unter den Christbaum stellen.

Meinetwegen. Es ist ja über Weihnachten immer ganz ulkig zu Hause, was? Bei euch auch?«

»Freilich«, sagte Martin. »Sehr ulkig sogar.«

Matthias gab keine Ruhe. »Fährst du auch mit dem Mittagszug?«

»Nein, ich fahre später.«

»17 Uhr 12?«

»Jawohl. 17 Uhr 12.«

»Ach, fahre doch auch schon mit dem Mittagszug!«, bat Matthias. »Mindestens fünfzig Jungens fahren mittags in unserer Richtung. Da besetzen wir einen ganzen Wagen und machen Krach. Das wird pfundig! Ja? Kommst du mit?«

Martin hielt es nicht mehr aus. Er schlug die Schranktür zu, rief »Nein!« und rannte aus dem Zimmer.

Matthias schüttelte den Kopf und meinte: »Den hat der Affe gebissen.«

Am Nachmittag gingen die meisten in die Stadt hinunter, um rasch noch Besorgungen zu machen, oder auch nur, um vor den Spielwarenläden stehen zu bleiben. In den Morgenstunden hatte es geschneit, und jetzt war es beißend kalt. Die Christbaumverkäufer an den Straßenecken suchten ihre letzten Tannen und Fichten loszuwerden. Sie ließen mit sich handeln.

Martin ging zum Postamt und bat den Schalterbeamten, ihm die Briefmarken in Geld umzuwechseln. Der Mann knurrte zwar wie ein Löwe, aber schließlich rückte er zwei Zweimarkstücke und ein Markstück heraus. Der Junge bedankte sich höflich, steckte das Geld ein und wanderte noch ein wenig durch die Straßen.

Auf dem Wilhelmplatz begegnete er Egerland, dem ehemaligen Anführer der Realschüler. Sie grüßten einander wie feindliche Generäle, die sich nach dem Krieg an der Riviera treffen. Unversöhnlich, aber respektvoll.

Und auf der Kaiserstraße stieß Martin auf Sebastian Frank. Sebastian wurde verlegen. Er deutete auf ein paar Päckchen, die er in der Hand hielt. »Was soll man machen«, sagte er. »Es ist nun mal so Sitte. Machst du auch Einkäufe?«

»Nein«, erwiderte Martin.

»Ich warte immer bis zur letzten Minute«, meinte Sebastian. »Jedes Mal will ich's lassen. Denn es ist ja eigentlich ein ziemlich vorsintflutlicher Brauch, nicht? Aber dann sause ich eben doch jedes Mal wieder los. Es ist schon was dran. Und zum Schluss macht's mir geradezu Spaß, den anderen was zu schenken. Findest du nicht auch?«

»Doch«, sagte Martin. »Es ist sogar eine wunderschöne Sitte.« Dann biss er sich auf die Unterlippe. Ein Wort mehr, und er hätte losgeheult. ›Weinen ist streng verboten‹, dachte er, nickte Sebastian zu und ging rasch weiter. Er rannte fast. Nur fort! Nur heraus aus dieser Weihnachtsluft! Ecke Nordstraße blieb er stehen und beaugenscheinigte das Schaufenster vom Bäcker Scherf.

Hier würde er also morgen Nachmittag Schokolade trinken

und Kuchen essen. Es würde fürchterlich werden. Aber seine Mutter wollte es, und er hatte es ja fest versprochen.

›Lieber Gott‹, dachte er. ›Wie soll ich das denn vierzehn Tage aushalten, ohne einmal zu heulen?‹

Dann trabte er der Schule zu. Zwei Zweimarkstücke und ein Markstück klimperten in seiner Tasche.

Die Generalprobe des »Fliegenden Klassenzimmers« fand in Kostümen statt. Die Jungen hatten gefürchtet, der kleine Stöcker werde versagen. Sie wurden angenehm enttäuscht. Der Quartaner spielte wie der Deibel! Na, und aussehen tat er, mit den blonden Hängezöpfen vom Friseur Krüger und in den Kleidern aus Ulis Schrank! Jeder, der von der Verkleidung nichts wusste, musste ihn für ein Mädchen halten. »Die Primaner werden sich rettungslos in dich verlieben«, rief Sebastian.

Nur Matthias fand, Uli sei noch ein bisschen besser gewesen. Aber das war ja ganz selbstverständlich. Das war er seinem Freunde schließlich schuldig.

Zweimal probierten sie das Stück. Am schwersten war es für Matz. Ganz besonders die kurze Umkleidepause, die er zwischen dem vierten und fünften Akt hatte, machte ihm Kummer. Denn sich in einer Minute aus einem Eisbären in Sankt Petrus zu verwandeln, das war kein Kinderspiel. Aber es würde schon klappen.

»Genug«, sagte Johnny Trotz. »Hals- und Beinbruch für

heute Abend. Toi, toi, toi.« Und dann spuckten sie einander dreimal auf die Anzüge. Sebastian hatte erzählt, dass das die Schauspieler immer täten.

Johnny trat zu Martin. »Was ist denn mit dir los?«, fragte er. »Du kannst zwar deinen Text, aber du redest ihn herunter, als dächtest du an sonst etwas.«

»Heute Abend wird's schon gehen«, meinte der Primus. »Ich habe nachts schlecht geschlafen.«

Als sie sich wieder umgezogen hatten, legten sie die Kostüme und Zöpfe und Bärte in den Schrank, in dem die Sprungbretter standen. Dann gingen sie ins Schulhaus und stiegen zum Krankenzimmer hinauf. Man hatte ihnen erlaubt, Uli zu besuchen.

Nachdem sie sich erkundigt hatten, wie's ihm gehe, erzählten sie ihm, die Aufführung werde bestimmt klappen. Matthias meinte, der Quartaner Stöcker sei so weit ganz brauchbar. Mit Uli natürlich nicht zu vergleichen. Aber immerhin. Die anderen nickten.

»Das freut mich«, sagte Uli. »Und morgen reist ihr alle fort! Außer Johnny und mir. Lasst euch nur recht viel bescheren.« Dann winkte er Matthias ans Bett und drückte ihm verstohlen eine Tafel in die Hand. »Der Grünkern war schon wieder da«, flüsterte er. »Wie steht's denn mit dem Appetit?«

»Es macht sich«, meinte Matz.

»Na, siehst du«, sagte Uli. »Immer tüchtig essen!«

»Zu Hause ist es noch viel schlimmer mit mir«, erklärte

Matthias und steckte die Schokolade in die Tasche. »Meine alte Dame staunt Bauklötze. Sie sagt, was ich so zusammenfräße, sei geradezu polizeiwidrig.«

»Mach dir nichts draus«, meinte Sebastian. Er war heute duldsamer als sonst. »Was der Mensch braucht, muss er haben!« Dann wandte er sich zu Uli und schüttelte onkelhaft das Haupt. »Du bist ja ein Bruder! Ein wahres Glück, dass wir auf dem Turnplatz keinen Kirchturm stehen haben. Von dem wärst du wahrscheinlich auch heruntergehüpft.«

Sie standen um das Krankenbett herum und wussten, obwohl sie eine Menge redeten, nicht recht, was sie sagen sollten. Der Junge im Bett war für sie nicht mehr derselbe kleine Uli, den sie seit Jahren kannten.

»Schade, dass du heute Abend nicht dabei bist«, meinte Johnny. »Na, ich erzähle dir morgen ganz ausführlich, wie es war.«

Martin stand am Fenster. Eigentlich wollte er den anderen mitteilen, dass auch er hierbleiben werde. Aber er brachte es nicht übers Herz. Trotz seiner Freunde kam er sich verlassen vor. Völlig verlassen.

Die Weihnachtsfeier übertraf sämtliche Erwartungen. Zu Beginn spielten zwei Primaner Klavier. Variationen über bekannte Weihnachtslieder. Dann hielt Oberstudiendirektor Professor Doktor B. Grünkern eine kleine Ansprache. Sie glich zwar sämtlichen Weihnachtsansprachen, die er zeit seines Lebens gehalten hatte; aber er sagte zum Schluss ein paar Sätze, die neu waren und die Jungen rührten. Er sagte: »Ich komme mir manchmal wie der Weihnachtsmann persönlich vor. Trotz des schwarzen Gehrocks, in dem ich stecke, und obwohl ich keinen weißen Vollbart umhängen habe. Ich bin fast so alt wie er. Ich komme alle Jahre wieder. Ich bin jemand, über den man noch lächelt, wenn er mit der Rute droht. Und schließlich bin ich, wie er, ein Mann, der die Kinder lieb hat. Vergesst das, bitte, niemals. Denn so etwas entschuldigt vieles.«

Er setzte sich wieder und putzte seine Brille mit dem Taschentuch. Die Sekundaner aber senkten die Köpfe. Sie schämten sich, weil sie den alten Mann reihenweise ausgelacht hatten. Und der große Christbaum schimmerte mit den unzähligen elektrischen Birnen so schön, dass allen Anwesenden sehr feierlich zumute war.

Dann folgte die Uraufführung des »Fliegenden Klassenzimmers«. Um es gleich zu sagen: Die Aufführung klappte großartig. Bei dem Satz: »Der Unterricht wird zum Lokaltermin«, da lachten die Lehrer ganz so, wie Sebastian es erwartet hatte. Martin war freilich nicht auf der Höhe. Umso größeren Eindruck machte der Quartaner Stöcker. Außer den Quartanern und Tertianern erkannte ihn kein Mensch. Sie hielten ihn allen Ernstes für ein kleines reizendes Mädchen und konnten es sich nur nicht erklären, wieso ein weibliches Wesen hierherkam. Stöcker kletterte zwar im letzten Akt zu früh aus seiner Wolke heraus. Aber das Weihnachtslied, das kurz darauf folgte und

Die Aufführung klappte großartig.

das alle laut mitsangen, machte den Schaden wieder gut. Man war toll begeistert.

Der Grünkern segelte mit fliegenden Rockschößen auf die Darsteller los und schüttelte jedem einzelnen die Hand. Und zu Johnny Trotz sagte er begeistert: »Du bist ja ein richtiger Dichter, mein Junge! Nein, wie ich mich freue!« Der Junge verbeugte sich. Auch Martins Bühnenbilder wurden sehr gelobt.

»Und wer bist du denn, kleines Mädchen?«, fragte der Direktor die Darstellerin.

Die Zuschauer lauschten gespannt. Vor allem die Primaner sperrten die Ohren auf.

Da nahm das kleine Mädchen die blonde Perücke mit den Zöpfen ab. Und im nächsten Augenblick lachten mehr als zweihundert Schüler, dass die Wände wackelten. »Stöcker!«, schrien sie.

Sie konnten sich gar nicht beruhigen.

Plötzlich meinte Sebastian zu den Freunden: »Also, was sagt ihr dazu? Wisst ihr, wer bei den Lehrern sitzt? Dort neben dem Justus? Der Nichtraucher!«

Sebastian hatte recht. Der Nichtraucher saß in seinem blauen Anzug zwischen den Lehrern! Nur Martin und Johnny wussten, wie das zusammenhing. Und da rannte Johnny auch schon aus der Turnhalle hinaus.

Doktor Bökh erhob sich und trat in die Saalmitte. Es wurde still. »Auf dem Stuhl, der dort drüben neben meinem Stuhl steht«, sagte der Justus, »da sitzt ein Mann, den die meisten von euch nicht kennen. Dieser Mann ist mein einziger Freund. Vor zwanzig Jahren saßen wir zwei schon in dieser Turnhalle nebeneinander. Natürlich nicht bei den Lehrern, sondern auf den Bänken, auf denen heute ihr sitzt. Vor einer Reihe von Jahren verlor ich meinen Freund aus den Augen. Gestern fand ich ihn endlich wieder! Zwei Jungens aus eurer Mitte führten uns zusammen. In meinem ganzen Leben wurde mir nichts Schöneres zu Weihnachten geschenkt. Mein Freund heißt Robert Uthofft und ist Arzt. Weil ich will, dass er und ich künftig zusammenbleiben, habe ich heute mit unserm alten Sanitätsrat Hartwig gesprochen.«

Der Nichtraucher setzte sich bolzengerade.

Und der Justus fuhr fort: »Ich habe den Sanitätsrat Hartwig gefragt, ob er beim Magistrat von Kirchberg ein gutes Wort dafür einlegen will, dass mein Freund, Doktor Uthofft, in unserem Gymnasium Schularzt wird. In dieser Schule, in der er und ich Freunde wurden, werden wir beide also künftig wieder zusammen sein. Er als euer Arzt und ich als euer Lehrer. Wir zwei gehören zu dieser Schule wie die Grundpfeiler des Gebäudes und wie die alten Bäume draußen im verschneiten Park. Wir gehören hierher. Wir gehören zu euch. Und wenn ihr uns nur halb so liebt wie wir euch, dann ist es gut. Mehr verlangen wir nicht. Hab ich recht, Robert?«

Der Nichtraucher stand auf, ging zum Justus hinüber und wollte ein paar passende Worte sagen.

Er drückte aber seinem Freunde nur die Hand. Mehr brachte er nicht zustande.

Da kam Johnny angefegt. Er hielt ein paar Päckchen in der Hand, lief zum Nichtraucher hin, machte eine tiefe Verbeugung und sagte: »Lieber Herr Nichtraucher oder wie Sie sonst heißen mögen! Wir ahnten nicht, dass wir Sie heute Abend zu unserer Weihnachtsfeier sehen würden. Der Martin und der Uli, der Matthias und der Sebastian hatten mir aufgetragen, Ihnen morgen, am Heiligen Abend, in Ihrem Eisenbahnwaggon zu bescheren. Nun gehören Sie ja wohl auch äußerlich zu uns, und so möchte ich Ihnen unsere Geschenke schon heute geben.«

Johnny drückte dem Doktor Uthofft die Strümpfe, die Zigaretten, den Tabak und den Pullover in die Hand. »Wenn der Pullover nicht passt«, sagte der Junge, »ist es nicht schlimm. Wir haben Umtausch ausgemacht, und der Zettel vom Geschäft liegt bei.«

Der Nichtraucher klemmte die Geschenke unter den Arm. »Ich danke dir, Johnny«, sagte er. »Und ich danke deinen vier Freunden, die auch meine Freunde sind. Die anderen, die mich noch nicht kennen, werden sich schon noch an mich gewöhnen. Da ist mir nicht bange.« Er sah sich im Kreise um. Dann meinte er: »Der Johann Bökh, euer Justus, und ich haben manches gelernt. Hier auf der Schulbank und draußen im Leben. Und trotzdem haben wir nichts vergessen. Wir haben unsere Jugend in der Erinnerung wachgehalten, und das ist die Hauptsache. Entschuldigt, dass ich ein bisschen gerührt bin. Ich hoffe, dass ihr das versteht. Ich hoffe sogar, dass auch ihr ein bisschen gerührt seid. So etwas geht vorüber. Und bei gebrochenen Beinen und bei Lungenentzündung bin ich ziemlich ungerührt. Das werdet ihr schon noch merken. Das soll keine Aufforderung sein, sich die Beine zu brechen. Beileibe nicht!«

Der Nichtraucher hakte sich beim Justus ein. »Um die Hauptsache nicht zu vergessen«, erklärte er, »bitte ich euch in dieser hoffentlich unverlierbaren Stunde: Vergesst eure Jugend nicht! Das klingt jetzt, wo ihr noch Kinder seid, recht überflüssig. Aber es ist nicht überflüssig. Glaubt es uns! Wir sind älter geworden und trotzdem jung geblieben. Wir wissen Bescheid, wir beiden!«

Der Doktor Bökh und der Doktor Uthofft schauten einander an.

Und die Jungen beschlossen in ihrem Herzen, diesen Blick nie zu vergessen.

Es war schon sehr spät, als der Justus die Runde durch die Schlafsäle machte. Er ging auf den Zehenspitzen. Die Dielen knarrten leise. Und die kleinen Wandlämpchen flackerten bei jedem seiner Schritte.

Im Schlafsaal II blieb er an Martins Bett stehen. Was mochte nur mit diesem Jungen los sein? Was war denn da geschehen?

Martin Thaler schlief unruhig. Er warf sich im Bett hin und her und murmelte ununterbrochen ein und denselben Satz.

Doktor Bökh beugte sich vor und lauschte angestrengt.

Was flüsterte der Junge im Schlaf? »Weinen ist streng verboten«?

Der Justus hielt den Atem an.

»Weinen ist streng verboten! Weinen ist streng verboten!« Immer wieder. Immer wieder.

Das musste ein seltsamer Traum sein. Ein Traum, in dem Weinen streng verboten war!

Doktor Bökh ging langsam und leise aus dem Saal.

DAS ELFTE KAPITEL

enthält einen fidelen Bahnhof; eine Schule ohne Schüler; die Entdeckung
an der Kegelbahn; einen Lehrer, der heimlich über Zäune klettert;
Besuch bei Uli; Johnnys Behauptung, dass man sich die Eltern nicht
aussuchen könne; und zum zweiten Mal die gleiche Notlüge.

Der 24. Dezember begann im Johann-Sigismund-Gymnasium
mit einem Höllenspektakel. Die Jungen rasten wie die Wilden
die Treppen hinauf und herunter. Der eine hatte seine Zahn-
bürste aus Versehen im Waschsaal liegen lassen. Der andere
suchte den Kofferschlüssel wie eine Stecknadel. Der Dritte
hatte vergessen, die Schlittschuhe einzupacken. Der Vierte
holte Verstärkung, weil der Koffer zu voll war und nur schloss,
wenn sich mindestens drei Mann daraufsetzten.

Die Primaner taten zwar, als ob sie es bei weitem weniger
eilig hätten. Aber wenn sie niemand beobachtete, rasten sie
ganz genau wie die Kleineren durch die Korridore.

Gegen zehn Uhr früh war die Schule schon halb leer. Die anderen, die später fuhren, machten zwar noch genügend Radau.
Aber der Kenner spürte doch schon, dass die Auswanderung
begonnen hatte.

Mittags zog dann der nächste Trupp durchs weit geöffnete

Tor. Die Mützen saßen schief auf den Köpfen. Die schweren Koffer schleppten sie im Schnee.

Matthias kam ein paar Minuten danach hinterhergestolpert. Er hatte sich bei Uli verspätet. Johnny stand am Tor und gab ihm die Hand.

»Pass gut auf den Kleinen auf!«, sagte Matthias. »Ich werde ihm öfters schreiben. Und lass dir's gut gehen!«

»Gleichfalls«, meinte Johnny Trotz. »Ich passe schon auf. Aber nimm die Beine untern Arm. Sebastian ist bereits vorausgegangen.«

»Man hat's schwer«, stöhnte Matz. »Zum Bäcker Scherf muss ich auch noch. Sonst verhungere ich im Zug. Und das kann ich meinen alten Herrschaften doch nicht antun. Hör mal, Dichterfürst, wo ist denn eigentlich Martin Thaler, auch das Dreimarkstück genannt? Ich wollte mich nämlich von ihm verabschieden. Aber ich finde ihn nirgends. Und ohne ihn ist das unmöglich. Na, grüß ihn bestens. Und er soll mir einen Kartengruß zukommen lassen, damit ich weiß, mit welchem Zug er in unser Bildungsinstitut zurückfährt.«

»Schon gut«, sagte Johnny. »Ich werde es ausrichten. Nun halte aber den Mund und mach, dass du fortkommst!«

Matz hob den Koffer auf die linke Schulter, rief: »Mensch, ich krieg 'nen Punchingball!«, und zog wie ein studierter Gepäckträger davon.

Der Bahnhof wimmelte von Gymnasiasten. Die einen wollten nach dem Norden fahren, die anderen nach Osten. Die zwei Züge, auf die man wartete, passierten Kirchberg kurz hintereinander.

Die Primaner spazierten mit ihren Tanzstundendamen die Bahnsteige entlang und plauderten weltmännisch. Man überreichte einander Blumen und Lebkuchen. Der schöne Theodor erhielt von seiner Tangopartnerin, einem gewissen Fräulein Malwine Schneidig, ein Zigarettenetui, das beinahe echt war. Er zeigte es stolz den anderen Primanern. Sie wurden hellgelb vor Neid.

Sebastian, der in der Nähe stand und einen Haufen Unterklassianer um sich versammelt hatte, riss auf Kosten der Primaner Witze und hatte großen Heiterkeitserfolg.

Endlich kam auch Matthias an. Er setzte sich auf seinen Koffer und aß sechs Stück Kuchen. Anschließend lief der erste der beiden Züge ein. Die Gymnasiasten, die nach Norden reisten, erstürmten ihn wie eine feindliche Festung. Dann schauten sie aus den Abteilfenstern und unterhielten sich so laut wie möglich mit denen, die noch warten mussten. Ein Sekundaner streckte eine Tafel aus dem Zug. Auf der Tafel stand: »Parole Heimat!« Ein Sextaner kletterte heulend wieder aus dem Zug heraus. Der kleine Trottel hatte seinen Koffer auf dem Bahnsteig stehen lassen. Er fand ihn aber und kam noch zurecht.

Als der Zug abfuhr, schwenkten alle die Mützen. Und die Tanzstundendamen winkten mit ihren winzigen Taschen-

Als der Zug abfuhr, schwenkten alle die Mützen.

tüchern. Man rief: »Frohe Weihnachten!« Andere brüllten: »Prost Neujahr!« Und Sebastian schrie: »Fröhliche Ostern!« Dann fuhr der Zug aus der Halle.

Es ging auch weiterhin außerordentlich fidel zu. Und außer dem Stationsvorsteher waren alle guter Laune. Er atmete erst auf, als auch der zweite Zug hinausschnaufte und als weit und breit kein Gymnasiast mehr zu sehen war. Von seinem Standpunkt aus hatte er ja recht.

Das Schulhaus war wie ausgestorben. Das Dutzend Schüler, das erst am Nachmittag fuhr, spürte man überhaupt nicht.

Da zog der Justus seinen Wintermantel an und ging in den stillen weißen Park hinunter. Die Gartenwege waren zugeschneit. Unberührt lagen sie da. Verschwunden waren Lärm und Gelächter. Johann Bökh blieb stehen und lauschte dem raschelnden Schnee, den der Wind von den Zweigen pustete. Na also, die große Ruhe und die große Einsamkeit konnten beginnen!

Als er in einen Seitenweg einbog, bemerkte er Fußstapfen. Es waren die Abdrücke von einem Paar Knabenschuhen. Wer lief denn jetzt allein im Park umher?

Er folgte den Spuren. Sie führten zu der Kegelbahn hinunter. Der Justus schlich auf den Zehenspitzen durch den Schnee, an der Schmalseite des Schuppens entlang, und blickte vorsichtig um die Ecke. Auf der Brüstung saß ein Junge. Er hatte den Kopf an einen der hölzernen Pfeiler gelehnt und starrte zu dem Himmel hinauf, über den die schweren Schneewolken hinzogen.

»Hallo!«, rief der Justus.

Der Junge zuckte zusammen und drehte sich erschrocken um. Es war Martin Thaler. Er sprang von der Brüstung herunter.

Der Lehrer ging näher. »Was machst du denn hier unten?«

»Ich wollte allein sein«, meinte der Junge.

»Dann entschuldige die Störung«, sagte der Justus. »Aber es trifft sich ganz gut, dass ich dir begegne. Warum hast du denn gestern früh so saumäßig schlecht gelesen, hm?«

»Ich dachte an etwas anderes«, antwortete Martin betreten.

»Hältst du das für eine passende Entschuldigung, wie? Und warum hast du gestern Abend so miserabel Theater gespielt? Und warum hast du gestern und heute im Speisesaal fast nichts gegessen?«

»Da hab ich auch an etwas anderes denken müssen, Herr Doktor«, erwiderte Martin und schämte sich in Grund und Boden.

»So. Woran musstest du denn denken? An Weihnachten?«

»Jawohl, Herr Doktor.«

»Na, besonders drauf zu freuen scheinst du dich ja nicht!«

»Nein, nicht besonders, Herr Doktor.«

»Wann fährst du denn heim? Mit dem Nachmittagszug?«

Da liefen dem Primus der Tertia zwei große Tränen aus den Augen. Und dann noch zwei Tränen. Aber er biss die Zähne zusammen, und da kamen keine Tränen weiter. Schließlich sagte er: »Ich fahre gar nicht nach Hause, Herr Doktor.«

»Nanu«, meinte der Justus. »Du bleibst während der Ferien in der Schule?«

Martin nickte und wischte mit dem Handrücken die vier Tränen fort.

»Wollen denn deine Eltern nicht, dass du kommst?«

»Doch, Herr Doktor, meine Eltern wollen.«

»Und du? Willst du denn nicht?«

»Doch. Ich will auch, Herr Doktor.«

»Na, zum Donnerwetter noch einmal!«, rief der Justus. »Was soll das denn heißen? Sie wollen! Du willst! Und trotzdem bleibst du hier? Woran liegt das denn?«

»Das möchte ich lieber nicht sagen, Herr Doktor«, meinte Martin. »Darf ich jetzt gehen?« Er drehte sich um und wollte fortlaufen. Aber der Lehrer hielt ihn fest. »Moment, mein Sohn!«, sagte er. Dann beugte er sich zu dem Jungen hinab und fragte ihn sehr leise, als dürften es nicht einmal die Bäume hören: »Hast du etwa kein Fahrgeld?«

Da war es mit Martins tapferer Haltung endgültig vorbei. Er nickte. Dann legte er den Kopf auf die schneebedeckte Brüstung der Kegelbahn und weinte zum Gotterbarmen. Der Kummer packte den Jungen im Genick und schüttelte und rüttelte ihn hin und her.

Der Justus stand erschrocken daneben. Er wartete eine Weile. Er wusste, dass man mit dem Trösten nicht zu früh beginnen darf. Dann nahm er sein Taschentuch, zog den Jungen zu sich heran und wischte ihm das Gesicht ab. »Na, na«, sagte er. »Na, na.« Er war selber ein bisschen mitgenommen. Er musste ein paarmal energisch husten. Dann fragte er: »Was kostet denn der Spaß?«

»Acht Mark.«

Der Justus holte seine Brieftasche heraus, nahm einen Geldschein und sagte: »So, da hast du zwanzig Mark. Das reicht für die Heimfahrt und für die Rückreise.«

Martin starrte entgeistert auf die Banknote. Dann schüttelte er den Kopf. »Nein, das geht nicht, Herr Doktor.«

Der Justus steckte ihm den Schein in die Jacketttasche und meinte: »Willst du gleich folgen, du Lümmel?«

»Ich habe aber selber noch fünf Mark«, murmelte Martin.

»Ja, willst du denn deinen Eltern nichts schenken?«

»Doch, sehr gern. Aber …«

»Siehst du wohl!«, sagte der Hauslehrer.

Martin rang mit sich. »Vielen, vielen Dank, Herr Doktor. Aber ich weiß nicht, wann Ihnen meine Eltern das Geld zurückzahlen können. Mein Vater hat nämlich keine Stellung. Hoffentlich finde ich Ostern einen Sextaner, dem ich Nachhilfe geben kann. Hat es so lange Zeit?«

»Willst du gleich den Mund halten?«, sagte Doktor Bökh streng. »Wenn ich dir am Heiligen Abend das Reisegeld schenke, dürft ihr mir's gar nicht wiedergeben! Das wäre ja noch schöner!«

Martin Thaler stand neben seinem Lehrer und wusste nicht, was er tun und wie er sich bedanken sollte. Endlich griff er zaghaft nach der Hand des Mannes und drückte sie leise.

»Na, nun pack aber deinen Koffer!«, sagte der Justus. »Und grüße deine Eltern schön von mir. Vor allem deine Mutter. Die kenne ich ja schon.«

Der Junge nickte. Dann erwiderte er: »Und grüßen Sie, bitte, auch Ihre Mutter vielmals!«

»Das wird leider nicht möglich sein«, meinte Doktor Bökh. »Meine Mutter ist seit sechs Jahren tot.«

Martin machte eine Bewegung. Es sah fast aus, als wolle er seinem Lehrer um den Hals fallen. Er tat es natürlich nicht, sondern trat respektvoll zurück und blickte den Justus lange und treuherzig an.

»Schon gut«, sagte Doktor Bökh. »Ihr habt mir ja den Nichtraucher beschert. Mit dem werde ich heute Abend Weihnachten feiern. Drüben in seiner Eisenbahnvilla. Und um Uli und dessen Eltern und um Johnny Trotz muss ich mich auch ein bisschen kümmern. Du siehst, sehr viel Zeit zum Einsamsein werde ich gar nicht haben.« Dann klopfte er dem Jungen auf die Schulter und nickte freundlich: »Glückliche Reise, Martin!«

»Und nochmals vielen Dank«, sagte der Junge leise. Dann drehte er sich um und rannte davon. Zur Schule hinauf. Ins Schrankzimmer.

Der Justus aber spazierte weiter durch den stillen verschneiten Park. Bis zum Zaun. Dort sah er sich vorsichtig nach allen

Seiten um. Und dann kletterte er, genau wie einst als Junge, über den Zaun hinweg. Es ging noch ganz gut. »Gelernt ist gelernt«, sagte er zu einem frierenden Sperling, der ihm neugierig zuschaute.

Und dann besuchte er den Nichtraucher. Der hatte einen kleinen Tannenbaum besorgt. Und den behängten sie nun gemeinsam mit Lametta und vergoldeten Nüssen.

Als Martin den Koffer packte, kam Johnny ins Schrankzimmer. »Da bist du ja!«, rief er. »Matz wollte sich von dir verabschieden. Du sollst ihm nach Hause schreiben und mitteilen, mit welchem Zug du wieder zurückfährst.«

»Mach ich«, meinte Martin vergnügt.

»Na, allmählich scheinst du ja wieder normal zu werden«, sagte Johnny erfreut. »Ich dachte schon, du wärst übergeschnappt. Was war denn? Hm?«

»Frag mich nicht«, bat Martin. (Denn er konnte doch nicht gut Johnny, der überhaupt kein Zuhause hatte, von seinem Kummer erzählen!) »Ich kann dir nur sagen, dass der Justus ein Mensch ist, wie es keinen zweiten gibt.«

»Hältst du das etwa für eine Neuigkeit?«, fragte Johnny.

Beim Packen fiel Martin »Der Einsiedler« in die Hände. Jenes Bild, das er für den Nichtraucher gemalt hatte. »Herrje«, sagte er. »Viel Sinn hat das Bild ja nun nicht mehr. Denn nun ist er ja kein Einsiedler mehr, sondern unser Schularzt. Aber vielleicht freut's ihn doch?«

»Sicher«, meinte Johnny. »Es ist doch eine Erinnerung für ihn. An das vergangene einsame Jahr. Ich geb's ihm heute Abend.«

Und dann stiegen sie zu Uli hinauf. Der Kleine hatte Besuch. Er lag glücklich lächelnd im Bett, die Eltern saßen neben ihm.

»Das sind ja schöne Geschichten«, meinte Herr von Simmern.

»Er macht es bestimmt nicht wieder«, erklärte Martin.

Ulis Mutter schlug die Hände überm Kopf zusammen. »Das fehlte auch noch!«

»Es gibt schlimme Erlebnisse, die sich nicht umgehen lassen«, sagte Johnny Trotz. »Wenn Uli nicht das Bein gebrochen hätte, wäre er sicher noch viel kränker geworden.«

Die Eltern blickten Johnny verständnislos an.

»Er ist ein Dichter«, erklärte Uli.

»Aha«, meinte der Vater. »Das ist natürlich etwas anderes.«

Die beiden Jungen gingen rasch wieder. Uli versprach Martin, so schnell wie möglich wieder gesund zu werden.

Johnny und Martin trennten sich am Gartentor. Johnny spürte, dass Martin etwas wissen wollte und sich nicht zu fragen traute.

»Es ist alles Gewöhnung«, sagte Johnny. »Und man kann sich seine Eltern nicht aussuchen. Wenn ich mir manchmal vorstelle, dass sie eines Tages hier auftauchen könnten, um mich zu holen, dann merk ich erst, wie froh ich bin, dass ich allein bleiben kann. Der Kapitän trifft übrigens am 3. Januar in Hamburg ein, will mich besuchen und mit mir zwei Tage nach Berlin fahren. Das wird fein.«

Er nickte dem anderen zu. »Mach dir keine Sorgen. Sehr glücklich bin ich nicht. Das wäre gelogen. Aber ich bin auch nicht sehr unglücklich.«

Sie gaben einander die Hand. »Was hast du denn in dem Paket?«, fragte Johnny. Denn Martin hatte sein Weihnachtspaket nicht mehr in den Koffer gebracht.

»Wäsche«, erwiderte Martin. Es war dieselbe Antwort, die er gestern Matthias gegeben hatte. Er konnte doch nicht Johnny erzählen, dass er seine eigenen Weihnachtsgeschenke mit nach Hause nahm! Dass er sie aus Kirchberg mitnahm, statt sie in Hermsdorf unterm Christbaum vorzufinden!

Unten in der Stadt kaufte er ein Kistchen Zigarren für seinen Vater. Fünfundzwanzig Stück. Mit Bauchbinde und mit Havannadeckblatt. Und in einem Trikotagengeschäft kaufte er für seine Mutter ein Paar warme, gestrickte Pantoffeln. Denn ihre Kamelhaarschuhe waren seit langem reif zum Wegwerfen. Aber sie sagte immer: »Die halten noch zehn Jahre.« Dann wanderte er schwer beladen zum Bahnhof.

Am Schalter verlangte er: »Einmal dritter Klasse nach Hermsdorf.«

Der Beamte gab ihm die Fahrkarte. Geld gab er ihm auch zurück.

Martin steckte alles sorgfältig in die Tasche. Dann sagte er:

»Besten Dank, mein Herr!«, und blickte den Mann strahlend an.

»Warum freust du dich denn so?«, fragte der Beamte.

»Weil Weihnachten ist«, gab der Junge zur Antwort.

DAS ZWÖLFTE KAPITEL

enthält viele schöne Christbäume und eine kleine Fichte; Apfelsinen, die
pro Stück vier Pfund wiegen; sehr viele Tränen; wiederholtes Klingeln;
Weinen und Lachen zu gleicher Zeit; neue Buntstifte und ihre erste
Verwendung; den Hermsdorfer Nachtbriefkasten und eine Sternschnuppe.

Es war am Heiligen Abend gegen 20 Uhr. Die amtliche Landeswetterwarte hatte für ganz Mitteleuropa starken Schneefall
vorhergesagt. Und nun bewies der Himmel, wie gut die amtliche Landeswetterwarte informiert war. Es schneite tatsächlich in ganz Mitteleuropa!

Es schneite also auch in Hermsdorf. Herr Hermann Thaler
stand in der guten Stube am Fenster. Das Zimmer war dunkel.
Denn Licht kostete Geld. Und Thalers mussten sparen.

»So viel Schnee hat es zu Weihnachten seit Jahren nicht
mehr gegeben«, meinte er.

Frau Thaler saß auf dem Sofa. Sie nickte nur. Ihr Mann erwartete auch gar keine Antwort. Er redete nur, damit es nicht
zu still wurde.

»Bei Neumanns bescheren sie schon«, sagte er. »Ach, und
bei Mildes zünden sie gerade die Kerzen an! Einen schönen
großen Baum haben sie. Na ja, er verdient jetzt wieder besser.«

Herr Thaler sah die Straße entlang. Die Zahl der schimmernden Fenster wuchs von Minute zu Minute. Und die Flocken wirbelten wie Schmetterlinge durch die Luft.

Frau Thaler bewegte sich. Das alte Plüschsofa knarrte. »Was mag er jetzt bloß machen?«, fragte sie. »In dieser großen, unheimlich leeren Schule?«

Der Mann seufzte heimlich. »Du machst es dir zu schwer«, meinte er. »Erstens ist der Jonathan Trotz da. Den scheint er ja sehr gernzuhaben. Und dann hat doch der andere, der kleine Adelige, das Bein gebrochen. Sicher sitzen sie an seinem Bett und sind kreuzfidel.«

»Das glaubst du doch selber nicht«, sagte die Frau. »Du weißt so gut wie ich, dass unser Junge jetzt nicht kreuzfidel ist. Wahrscheinlich hat er sich in irgendeinen Winkel verkrochen und weint sich die Augen aus dem Kopf.«

»Das tut er ganz bestimmt nicht«, entgegnete der Mann. »Er hat versprochen, dass er nicht weinen wird. Und so 'n Junge wie er hält, was er verspricht.« Herr Thaler war seiner Sache allerdings gar nicht so sicher, wie er vorgab. Aber was sollte er denn sonst sagen?

»Versprochen! Versprochen!«, meinte Martins Mutter. »Ich hab's ihm ja auch versprochen. Und trotzdem hab ich schon geheult, während ich den Brief an ihn schrieb.«

Herr Thaler kehrte dem Fenster den Rücken. Ihm gingen die schimmernden Christbäume auf die Nerven. Er blickte ins dunkle Zimmer und sagte: »Komm, mach Licht!«

Seine Frau erhob sich und zündete die Lampe an. Ihre Augen sahen rotgeweint aus.

Auf dem runden Tisch stand eine ganz, ganz kleine Fichte. Frau Riedel, eine Witwe, die zu Weihnachten auf dem Obermarkt Christbäume verkaufte, hatte sie ihnen geschenkt. »Für Ihren Martin«, hatte sie gesagt. Nun hatten Thalers also einen Weihnachtsbaum – und der Junge war nicht zu Hause!

Herr Thaler ging in die Küche, kramte dort lange herum und kam endlich mit einem kleinen Kasten wieder. »Hier sind die Kerzen vom vorigen Jahr«, meinte er. »Wir haben sie nur halb abbrennen lassen.« Dann klemmte er zwölf halbe Christbaumkerzen in die Zweige der Fichte. Schließlich sah das Bäumchen richtig hübsch aus. Aber Martins Eltern wurden nur noch trauriger.

Sie setzten sich nebeneinander aufs Sofa. Und Frau Thaler las zum fünften Male Martins Brief vor. An einigen Stellen machte sie eine Pause und fuhr sich über die Augen. Als sie mit dem Lesen fertig war, zog der Mann sein Taschentuch heraus und schnäuzte sich heftig die Nase. »Dass so etwas vom Schicksal überhaupt erlaubt wird«, sagte er. »Da muss so ein kleiner Kerl schon erfahren, wie schlimm es ist, wenn man kein Geld hat. Hoffentlich macht er seinen Eltern nicht noch Vorwürfe, dass sie so untüchtig waren und so arm geblieben sind!«

»Rede doch nicht so dummes Zeug!«, meinte die Frau. »Wie du überhaupt auf so einen Gedanken kommen kannst! Martin ist zwar noch ein Kind. Aber er weiß ganz genau, dass Tüchtigkeit und Reichtum nicht dasselbe sind.«

Dann holte sie das Bild mit der blauen Kutsche und den sechs Pferden vom Nähtischchen und stellte es vorsichtig unter den kleinen Christbaum.

»Ich verstehe ja nichts von Kunst«, sagte der Vater, »aber das Bild gefällt mir großartig. Vielleicht wird er später einmal ein berühmter Maler! Dann könnten wir ja wirklich mit ihm nach Italien reisen. Oder soll das etwa Spanien sein?«

»Hauptsache, dass er gesund bleibt«, erklärte die Mutter.

»Guck dir bloß den Schnurrbart an, den er sich unter die Nase gemalt hat!«

Die Eltern lächelten wehmütig.

Die Mutter sagte: »Ich finde es so hübsch, dass er uns nicht in irgendein pompöses Auto hineingemalt hat, sondern in eine blaue Kutsche mit sechs Pferden. Das ist viel poetischer.«

»Und diese Apfelsinen!«, meinte der Vater. »So große Dinger gibt's ja gar nicht. Da wiegt doch jedes Stück mindestens vier Pfund!«

»Und wie geschickt er die Peitsche schwingt«, meinte die Mutter. Dann schwiegen sie wieder, blickten unverwandt das Bild an, das »In zehn Jahren« hieß, und dachten an den kleinen Maler.

Der Vater hustete. »In zehn Jahren! Bis dahin kann viel geschehen.« Er holte Streichhölzer aus der Tasche, zündete die zwölf Kerzen an und löschte die Lampe aus. Thalers gute Stube schimmerte weihnachtlich.

»Du gute, treue Seele!«, sagte der Mann zu der Frau. »Schenken können wir uns diesmal nichts. Umso mehr wollen wir uns wünschen.« Er gab ihr einen Kuss auf die Backe. »Fröhliche Weihnachten!«

»Fröhliche Weihnachten!«, sagte auch sie. Dann weinte sie. Und das klang, als könne sie nie wieder zu weinen aufhören.

Wer weiß, wie lange sie so auf dem alten Plüschsofa saßen ... Die Stearinkerzen wurden kleiner und kleiner. In der Nachbarwohnung sang man »Stille Nacht, heilige Nacht«. Und noch immer wirbelten die Schneeflocken vorm Fenster.

Plötzlich klingelte es!

Die beiden rührten sich nicht. Sie wollten in ihrem Kummer nicht gestört sein.

Doch da klingelte es noch einmal. Laut und ungeduldig. Frau Thaler stand auf und ging langsam in den Korridor. Nicht einmal am Heiligen Abend wurde man in Ruhe gelassen! Sie öffnete die Wohnungstür und blieb sekundenlang erstarrt stehen. Dann schrie sie: »Martin!« Gellend hallte es im Treppenhaus wider.

Martin? Wieso? Der Vater war erschrocken zusammengefahren. Er rannte in den Flur hinaus und traute seinen Augen nicht!

Seine Frau war auf der Türschwelle in die Knie gesunken und hielt Martin mit beiden Armen fest umklammert.

Da riskierten sogar die Augen des Herrn Thaler je eine Träne. Er wischte sie heimlich fort, hob den Koffer auf, der achtlos am Boden lag, und sagte: »Aber Junge, um alles in der Welt, wie kommst du denn hierher?«

Es dauerte ziemlich lange, bis sie sich in die gute Stube hineinfanden. Die Mutter und der Junge lachten und weinten durcheinander, und der Vater stotterte mindestens zehnmal: »Nein, so was!« Dann stürzte er hinaus. Denn sie hatten natürlich vor lauter Aufregung vergessen, die Tür zu schließen.

Das Erste, was Martin herausbrachte, war: »Das Geld für die Rückfahrt hab ich auch.«

Endlich hatten sich die drei so weit beruhigt, dass der Junge berichten konnte, wieso er hier und nicht in Kirchberg war. »Ich habe mich wirklich sehr zusammengenommen«, erzählte er. »Ich habe auch nicht geweint. Das heißt: Geweint hab ich schon; aber da war es sowieso zu spät. Der Doktor Bökh, unser Hauslehrer, merkte trotzdem, dass irgendetwas nicht in Ordnung war. Ja. Und dann gab er mir zwanzig Mark. Unten im Park. An der Kegelbahn. Geschenkt hat er's mir. Und ich soll euch vielmals von ihm grüßen.«

»Danke schön«, sagten die Eltern im Chor.

»Und ich habe sogar noch ein paar Geschenke kaufen können«, berichtete Martin stolz. Und dann gab er dem Vater die Zigarren mit der Bauchbinde und dem Havannadeckblatt. Und der Mutter überreichte er die gestrickten Pantoffeln. Sie freuten sich kolossal. »Haben dir denn unsere Geschenke gefallen?«, fragte die Mutter.

»Ich hab sie mir noch gar nicht angesehen«, gestand Martin. Und nun öffnete er das Paket, das sie ihm nach Kirchberg geschickt hatten. Er fand großartige Sachen darin: ein neues Nachthemd, das ihm die Mutter selber geschneidert hatte; zwei Paar wollene Strümpfe; ein Paket Lebkuchen mit Schokoladenguss; ein spannendes Buch über die Südsee; einen Zeichenblock und, das war das Schönste, einen Karton bester Buntstifte.

Martin war hell begeistert und verteilte Küsse.

Es war, genau genommen, ein Heiliger Abend, wie er sich schöner gar nicht ausdenken lässt. – Die Kerzen auf dem winzigen Christbaum brannten zwar sehr bald herunter. Aber man zündete die Lampe an. Die Mutter kochte Kaffee. Der Vater rauchte eine Weihnachtszigarre. Dann aßen sie die Lebkuchen und fühlten sich glücklicher als sämtliche lebendigen und toten Milliardäre zusammengenommen. Die Mutter musste übrigens die neuen Pantoffeln probieren und meinte, so wundervolle Pantoffeln habe sie nie vorher gehabt.

Später setzte sich Martin hin, holte eine einfache Postkarte, die er am Bahnhof gekauft hatte, aus der Tasche und begann zu malen. Mit den neuen Buntstiften natürlich! Die Eltern sahen einander lächelnd an, und dann schauten sie ihm zu. Er malte einen jungen Herrn, dem hinten aus dem Jackett zwei große Engelsflügel herauswuchsen. Dieser seltsame Mann schwebte aus den Wolken herab. Und unten stand ein kleiner Junge, dem riesige Tränen aus den Augen tropften. Der Herr mit den Flügeln hielt eine dicke Brieftasche in den Händen und streckte sie dem Knaben entgegen.

Martin lehnte sich zurück, kniff fachmännisch die Augen zusammen, überlegte eine Weile und malte dann noch Verschiedenes auf die Karte: vor allem sehr, sehr viele Schneeflocken und im Hintergrund eine Eisenbahn, auf deren Lokomotive ein geschmückter Christbaum wuchs. Neben dem Zug stand der Stationsvorsteher und hob den Arm, um das Abfahrtssignal zu geben. Darunter zeichnete der Junge in Blockschrift: »Ein Weihnachtsengel namens Bökh«.

Auf die Rückseite der Postkarte schrieben die Eltern ein paar Zeilen.

»Sehr verehrter Herr Doktor«, schrieb Frau Thaler. »Unser Junge hat wahrhaftig recht, wenn er Sie als Engel gezeichnet hat. Ich kann nicht malen. Ich kann Ihnen nur mit Worten danken. Vielen, vielen Dank für das lebendige Weihnachtsgeschenk, das Sie uns beschert haben. Sie sind ein guter Mensch. Sie verdienen, dass alle Ihre Schüler gute Menschen werden! Dies wünscht Ihnen Ihre ewig dankbare Margarete Thaler.«

Der Vater knurrte: »Du hast mir ja gar keinen Platz gelassen.« Und er brachte wirklich nicht viel mehr als seinen Namen hin. Zum Schluss schrieb Martin die Adresse.

Dann zogen sie ihre Mäntel an und gingen miteinander zum Bahnhof. Dort steckten sie die Karte in den Nachtbriefkasten, damit sie der Justus bestimmt am ersten Feiertag früh bekäme.

Und dann spazierten sie wieder nach Hause. Der Junge ging in der Mitte und hatte sich bei seinen Eltern eingehenkelt.

Es war ein wundervoller Spaziergang! Der Himmel glitzerte wie ein unendliches Juweliergeschäft. Es schneite nicht mehr. Und in allen Häusern glänzten Christbäume.

Martin blieb stehen und zeigte zum Himmel hinauf. »Das Sternenlicht, das wir jetzt sehen«, sagte er, »ist viele, viele Jahrtausende alt. So lange brauchen die Lichtstrahlen bis in unsere Augen. Vielleicht sind die meisten dieser Sterne schon vor Christi Geburt erloschen. Aber ihr Licht ist noch auf der Reise. Und so leuchten sie noch für uns, obwohl sie in Wirklichkeit längst kalt und dunkel geworden sind.«

»Aha«, sagte der Vater. Und die Mutter staunte ebenfalls. Und dann gingen sie weiter. Der Schnee machte unter den Schuhsohlen Katzenmusik. Martin drückte den Arm seiner Mutter und den Arm seines Vaters fest an sich. Er war glücklich.

Als sie vorm Hause standen und der Vater die Haustür aufschloss, sah Martin noch einmal zum Himmel empor. Und gerade in diesem Augenblick löste sich eine Sternschnuppe vom Dunkel der Nacht los und glitt schweigend über den Himmel, hinab zum Horizont. Der Junge dachte: ›Jetzt kann man sich etwas wünschen!‹ Und er dachte, während er dem Flug der Sternschnuppe mit den Augen folgte, rasch weiter: ›So wünsch ich meiner Mutter und meinem Vater, dem Justus und dem Nichtraucher, Johnny und Matz und Uli und auch Sebastian,

Dann zogen sie ihre Mäntel an
und gingen miteinander zum Bahnhof.

dass sie recht, recht viel Glück im Leben haben mögen! Und mir wünsch ich's auch!‹

Das war nun zwar ein ziemlich langer Wunsch. Aber er hatte trotzdem berechtigte Aussichten auf Erfüllung. Denn Martin hatte, während die Sternschnuppe fiel, kein Wort gesprochen.

Und das ist ja bekanntlich die Hauptsache dabei.

DAS NACHWORT

enthält Autobusse und Straßenbahnen; wehmütige Erinnerungen
an Gottfried, das Pfauenauge, und an das Kalb namens Eduard;
eine Begegnung mit Johnny Trotz und seinem Kapitän; viele Grüße an
den Justus und an den Nichtraucher; und das Ende des Buches.

So. Nun habe ich euch meine Weihnachtsgeschichte erzählt!
Entsinnt ihr euch, dass ich auf einer großen Wiese saß, als ich
sie zu schreiben begann? Auf einem Holzbänkchen, vor einem
kleinen, wackligen Tisch? Und wenn es mir zu heiß wurde,
blickte ich zu den Riffelwänden hinauf und zu den verschneiten Klüften der Zugspitze. Die Zeit vergeht, ›als flögen wir davon‹.

Während ich das Nachwort schreibe, sitze ich schon wieder in Berlin. Hier habe ich nämlich eine kleine Wohnung. In
einem Gartenhaus, vier Treppen hoch. Meine Mutter ist gerade zu Besuch, und zum Mittagessen soll ich pünktlich zu
Hause sein. Heute gibt's Makkaroni mit Schinken. Das ist eines
meiner Leibgerichte.

Ich sitze gerade vor einem Kaffeehaus am Kurfürstendamm.
Es ist Herbst geworden. Wenn der Wind weht, fallen gelbe und
braune Blätter auf den Asphalt.

Wo ist er hingeflogen, jener bunte Schmetterling, der Gottfried hieß und der mich, fünf Wochen lang, fast jeden Nachmittag besuchte? Schmetterlinge werden nicht alt. Gottfried wird gestorben sein. Er war so ein freundlicher, anhänglicher Schmetterling. Friede seiner Asche!

Und was mag das hübsche braune Kalb treiben, das mich allabendlich auf der großen Wiese abholte und bis vors Hotel drunten am See begleitete? Ist es schon ein Ochse geworden? Oder hat man es zu Kalbsschnitzeln verarbeitet? Ach, Eduard war mir so sympathisch! Wenn er jetzt quer über den Kurfürstendamm getrottet käme, vor meinem Korbstuhl stehen bliebe, mich treuherzig ansähe und mit seinen kleinen Hörnern stupste – ich begänne vor Freude zu johlen. Und ich nähme ihn bestimmt für immer zu mir. Er könnte vielleicht auf meinem Balkon wohnen. Ich würde ihn mit alten Seegrasmatratzen füttern. Und abends ginge ich mit ihm im Grunewald spazieren …

Aber hier, wo ich jetzt sitze, kommen keine Kälber vorüber. Höchstens dann und wann ein paar Schafe oder ein Rhinozeros.

Und die Straßenbahnen klingeln. Die Autobusse rollen knurrend und knarrend vorüber. Die Autos hupen, als steckten sie am Spieße. Alle haben es eilig. Na ja. Ich bin eben wieder in der Großstadt.

Am Fuß der Zugspitze dufteten die Feldblumen. Hier riecht es nach Autoreifen und Benzolgemisch. Trotzdem: Ob Tannenbäume oder Fabrikschlote, Hochhäuser oder Berge mit ewigem Schnee, ob Getreidefelder oder Untergrundbahnhöfe, Altweibersommer oder Telefondrähte, überfüllte Kinopaläste oder grüne Gebirgsseen, ob Stadt oder Land, ich liebe beide. Und beide verdienen's, dass man sie liebt. Was wäre das eine ohne das andere?

Bevor ich schließe, muss ich euch noch von einer Begegnung erzählen, die ich eben hatte. Unter den vielen Menschen, die vorüberkamen, war auch ein Offizier der Handelsmarine. Ein älterer Herr in einer schönen blauen Uniform, mit goldenen Litzen und Sternen. Und neben ihm ging ein Junge mit einer Gymnasiastenmütze. Ein Irrtum war ausgeschlossen: Das waren Jonathan Trotz und der Kapitän.

»Johnny!«, rief ich.

Der Junge drehte sich um. Der Kapitän blieb stehen. Ich ging zu den beiden hin und machte vor dem Kapitän eine Verbeugung. »Du bist doch der Johnny Trotz aus dem Kirchberger Johann-Sigismund-Gymnasium«, sagte ich zu dem Jungen.

»Jawohl«, erwiderte er.

»Das freut mich«, entgegnete ich. »Und Sie sind der Kapitän, der wie ein Vater für Johnny sorgt?«, fragte ich den Herrn in der Marineuniform.

Er nickte höflich und wir gaben uns die Hand.

»Ich habe nämlich ein Buch über euch geschrieben«, sagte ich zu dem Gymnasiasten. »Und zwar über die merkwürdigen

Erlebnisse, die ihr vor zwei Jahren, um Weihnachten herum, hattet. Jetzt bist du allerdings schon Sekundaner, und eigentlich müsste ich Sie zu dir sagen. Aber ich tu's nicht. Du wirst es ja auch nicht verlangen. Erinnerst du dich noch an jene Zeit, als die Realschüler eure Diktathefte in Egerlands Keller verbrannten?«

»Ich entsinne mich noch sehr genau daran«, bemerkte Johnny. »Und das haben Sie aufgeschrieben?«

Ich nickte. »Und den Fallschirmabsprung, bei dem Uli verunglückte.«

»Das wissen Sie auch?«, fragte er erstaunt.

»Freilich«, meinte ich. »Das und noch viel mehr. Wie geht's denn allen? Isst Matthias noch immer so gründlich?«

»Er isst nicht«, sagte Johnny. »Er frisst! Und zweimal in der Woche hat er Boxunterricht in einer Sportschule.«

»Großartig! Und was macht Sebastian?«

»Gegenwärtig hat er's mit der Chemie. Er liest riesig schwierige Bücher über die Elektronentheorie und über die kinetische Gastheorie und über die Quantentheorie und solche Sachen. Er will Gelehrter werden und herauskriegen, was in den Atomen drin ist.«

»Und was macht dein Freund?«

»Martin ist noch immer der Klassenerste. Und wütend wird er immer noch, wenn wer ungerecht ist. Und in der übrigen Zeit malt er. Das wissen Sie ja wohl auch. Seine Bilder sind sehr schön. Ein Professor von der Kunstakademie hat ihm geschrieben, er solle später Maler werden. Und Martins Vater hat wieder eine Stellung gefunden.«

»Das freut mich aufrichtig«, sagte ich. »Und Uli?«

»Uli ist ein sonderbarer Kerl«, meinte Johnny. »Er ist noch immer der Kleinste in der Klasse. Aber er ist ganz anders als früher. Matthias steht völlig unter seinem Pantoffel. Und uns anderen geht's fast genauso. Uli bleibt zwar klein, aber in ihm steckt eine Kraft, der sich niemand widersetzen kann. Uli will das gar nicht. Aber wenn er wen anschaut, hat er's schon geschafft.«

»Er hat sich damals selber überwunden«, sagte der Kapitän nachdenklich. »Und da ist dann alles Übrige eine Kleinigkeit.«

»So wird's wohl sein.« Ich wandte mich wieder an Johnny. »Und du dichtest nach wie vor?«

Der Kapitän lächelte. »Ja, er schreibt Märchen und Dramen und Gedichte. Vielleicht darf er Ihnen einmal etwas zuschicken, damit Sie die Sachen prüfen? Würden Sie das tun?«

»Eisern«, meinte ich. »Aber ich kann nur die Arbeiten prüfen, nicht das Talent. Ich kann nur nachschauen, ob du schreiben kannst, und nicht, ob du einmal ein Schriftsteller werden wirst. Das entscheidet sich erst später.«

»Ich werde warten«, erklärte Johnny leise.

Ein patenter Junge, dachte ich. Dann sagte ich: »Und grüße, wenn du wieder in Kirchberg bist, vor allem den Justus und den Nichtraucher!«

»Die kennen Sie auch?«, fragte Jonathan Trotz perplex. »Und von wem soll ich sie denn, bitte, grüßen?«

»Von ihrem Berliner Freund«, sagte ich. »Da wissen sie schon Bescheid. Und grüße auch die Jungen!«

»Gerne. Ich richte die Grüße aus. Und Sie schicken uns das Buch, wenn es gedruckt ist, ja?«

»Ich werde es dem Doktor Bökh schicken«, meinte ich. »Und wenn er's für richtig hält, mag er's euch geben. Sonst nur dem Martin Thaler.«

Dann reichten wir einander zum Abschied die Hand. Und der Kapitän und sein Pflegesohn liefen weiter. Johnny drehte sich noch einmal um und winkte.

Doch nun will ich rasch mit dem Autobus 1 nach Hause gondeln. Sonst werden die Makkaroni kalt.

Meine Mutter wird nicht schlecht staunen, wenn ich ihr erzähle, dass ich den Johnny Trotz und seinen Kapitän getroffen habe!

Neuausgabe
2. Auflage 2019
© Atrium Verlag AG, Zürich, 2018
Erstveröffentlichung: Friedrich Andreas Perthes, Stuttgart, 1933
Alle Rechte vorbehalten

Titelbild und Illustrationen von Walter Trier
Umschlaggestaltung: Herr K | Jan Kermes, Leipzig
Autorenfoto: Annelise Kretschmer,
© Nachlass Luiselotte Enderle, RA Beisler, München
Satz: Dörlemann Satz, Lemförde
Druck und Bindung: GGP Media GmbH, Pößneck
Printed in Germany
ISBN 978-3-85535-607-2
www.atrium-verlag.com

Erich Kästner

FÜR KINDER

DIE BERÜHMTESTEN DETEKTIVE DER KINDERLITERATUR

Emil darf zum ersten Mal allein nach Berlin fahren. Seine Großmutter und die Kusine Pony Hütchen erwarten ihn am Blumenstand im Bahnhof Friedrichstraße.

Aber Emil kommt nicht. Während die Großmutter und Pony Hütchen noch überlegen, was sie tun sollen, hat Emil sich schon in eine aufregende Verfolgungsjagd gestürzt. Quer durch die große fremde Stadt, immer hinter dem Dieb her, der ihm im Zug sein ganzes Geld gestohlen hat. Zum Glück bekommt Emil bald Unterstützung: von Gustav mit der Hupe und seinen Jungs.

Erich Kästner

EMIL UND DIE DETEKTIVE

Trier

ATRIUM

176 Seiten 14,- € [D] / 14,40 € [A] ISBN 978-3-85535-603-4